机上探偵 日高圭介の論

論ノ一

聖徳太子は三度《みたび》死す

中山建記

文芸社

聖徳太子は三度死す ●目次●

1　奇妙なうわさ

「先生、なつかしいものをお持ちですね」

唐突な西村栄二の言葉に、日高圭介は、驚いたふうでもなく、イスに腰かけたまま、手にしていたものを頭上にかざして見せた。

「ほう。君もこれを知っている年齢かね」

「かなり子供の頃ですけど。へえ、そんなに大きかったんだ。今のとずいぶんサイズが違いますね」

西村は、広げていた雑誌をテーブルの上に置いてソファーから立ち上がり、日高の机の前に歩み寄る。黒い札入れを取り出すと、紙幣を抜いて日高の前にすっと置いた。一万円札だ。日高も手にしていたものをその横に置いた。机の上に、新旧二種類の高額紙幣が並んだ。

「西村君、この人物の名前を知っているかな」

日高が旧一万円札の人物肖像を指で指して言った。

「聖徳太子でしょう。常識ですよ」

「そうか。では、この聖徳太子の一万円札が廃止され、こちらの福沢諭吉の一万円札に替えられた理由は何だったか、知っているかい」

日高の問いに、西村は、わずかに首をかしげただけで、すかさず答えた。

「偽札対策じゃないですか。日本の円が強くなって、偽《にせ》一万円札がたくさん使われるようになって……。詳しいことはよくわかりませんが」

「そうそう、その通り。外国産、国内産を問わず、精巧な偽造紙幣が大量に出回って、日本経済を脅かす大問題になっていたらしいからね。しかし――」

後を言わずに、日高は、意味ありげに西村の顔を見て口元だけで笑った。

「――しかし、何ですか」

西村は、机に両手をついて身を乗り出した。

「しかし、偽札対策という以外に、公にはできない、もっと深刻な理由があったんだよ」

日高が真顔でそう言うと、西村は、また少し身を乗り出す。

「深刻な理由と言いますと」

「うむ」と日高。

「うむ」と、顔を近づける西村。

「実は、ね。――」

「はい、実は――」

西村の顔が日高に接近する。日高も顔をそらさない。見合う二人の男の構図。日高の口が開いた。

「実はこの人物、聖徳太子ではなかったのだ」

「へっ」

西村は、大きな目をいっそう大きく見開いた。両手を机についたまま、ポカンとする。その西村のおでこを指で突いて遠ざけながら、日高が言った。

「聞こえなかったのかね。この人物は聖徳太子じゃなかったんだよ」

「ええっ。本当ですか、それ。この人、聖徳太子じゃないんですか」

西村が叫ぶように言った。その西村の反応を無視するように、日高は、コーヒーカップを手に取って一口すすった。カップを置くと、旧紙幣の肖像を指でなぞりながら言った。

「この肖像の原画は、御物唐本御影《ぎょぶつとうほんみえい》、通称は太子二王子像。聖徳太子とされる人物が左右に子供を従えた、三人並びの図柄の絵だ」

「あっ、教科書か何かで見たような気がします」

「その絵の中で太子ら三人が身につけている装束が、聖徳太子が生きた時代の物ではないと判明し、したがって、太子とされてきたその人物は太子ではない可能性が出てきたのだ。また、太子二王子像とそっくりの絵が中国かどこかの国で発見されたりもしている」

日高は静かに語る。西村は、目をぱちくりさせている。日高が話を続けた。

「そんなこんながあり、それらが国民に広く知れ渡って大騒ぎになる前に、政府が先に手を打って、偽札対策を理由にその肖像画を紙幣のデザインから引き揚げたというわけだ」

首をかしげる西村。

「何だか信じられないですね」

「うん、それはそうだろう。現段階の公式見解では、太子二王子像の人物は聖徳太子だとされたまんまだからね」

あっさりした日高の言葉に、西村は困惑の表情の浮かべて言った。

「えっ、じゃあ、この人物は聖徳太子なんですね、やっぱり」

「いや、疑問がないわけではない」

小さく首を振りながら、日高が話を続ける。

「聖徳太子の肖像がデザインされた紙幣は、この一万円札ばかりではない。旧五千円札も太子だったし、もっと溯れば、戦前の紙幣にも採用されていた。戦前の紙幣の肖像は、多くが日本神話に登場する人物たちのものだったのだが、不思議なことに、これらの人物の肖像は戦後の紙幣から消えたのに、聖徳太子の肖像だけは残ったのだよ」

「それは、なぜですか」

「紙幣肖像の一新は、日本の占領下政策を担うGHQの指示によるものだった。当然のことながら、聖徳太子の肖像も廃止することになっていた。ところが、日本側の担当責任者が、太子は平和主義者であり、平和主義国家を目指すこれからの日本のシンボルとして最適の人物だから、ぜひとも紙幣肖像として使いたいと主張して譲らなかった――」

日高の返答に西村がうなずく前に、日高がさらに言葉を続けた。

「――といううわさが伝えられている」

「何だ、うわさ話ですか」

すかされて、口をへの字にする西村。

「うむ。真偽は定かではないのだな、これが」

あっさりと言い切る日高。

「太子が平和主義者だというのは、どこから出てきたんですかね。うわさ話なりに、何か根拠があったんでしょうか」

西村の問いに日高が即座に答えた。

「和を以て貴しと為す」

「あっ、なるほど。平和主義と言えば平和主義ですね」

感心する西村をよそに、神妙な顔つきになる日高。

「経緯の真相はともかく、戦前、戦後を通じて、聖徳太子は日本の高額紙幣の顔であったわけだ。そして戦後の占領下政策の中をも生き延びてきたのだよ。その太子がなぜ、近年の自治政策の下の紙幣一新によって、その座を福沢諭吉に明け渡さねばならなかったのか」

そう言われても返事のしようがないらしく、西村は無言で首をかしげるだけであった。

「偽札対策だったら、他の部分のデザインを新装すればすむことではないか。サイズを変更するのであればなおさらのこと、そのまま太子の肖像を採用してもいいではないか」

同意をするように一つうなずいてから、西村がおずおずと口を開いた。

「では、先生は、聖徳太子の肖像が紙幣に使われなくなったのは、偽札対策のためではなく、この人物像が聖徳太子ではなかったからだと言うのですね」

「うむ。この人物が聖徳太子ではないという可能性は、政府当局が黙殺できないほどに高いものだと思う。ただ、決定的な根拠が出ていないので、さっきも言ったように、今のところ、公式見解ではこの肖像は聖徳太子とされているけれどね。でも、百パーセント間違いなく聖徳太子だと断言できる者は誰もいないはずだ。太子ではないかも知れないとは言えても」

日高は、判然とそう言って、コーヒーを一口すすった。西村は、旧紙幣の方を手に取ってまじまじと見つめていたが、落胆した口調でつぶやいた。

「それにしても、歴史ある我が日本の高額紙幣が偽札かも知れないというのは、ショックですねえ」

日高が苦笑する。

「西村君、その言い方は少し変ではないかね」

「変ですかね。この場合、何と言って嘆くべきかな。我が国の高額紙幣の肖像画が聖徳太子その人のものではないかも知れないというのは、ショックですねえ。――いかがでしょうか」

日高が口を開けて笑った。

「君、そんなに考え込みながら嘆くこともないだろ。それにしても――」

後を言わないので、西村が何事かという顔で日高をうかがう。日高は手を伸ばして西村にソファーを勧めた。西村は、さっきから立ち詰めで話をしていたのである。

日高圭介は、自称ミステリー作家である。自称であるから、代表作を上げることなどできない。それどころか、小説の原稿を書いているのかどうかも定かではないのだ。正業に就いていたときの蓄えがわずかにあるらしく、当面の生活に逼迫している様子はない。四十に手が届くかといった年齢に見える。西村栄二、二十代前半だろう。彼も、ライター志望である。定職に就いたことはなく、様々なアルバイトで食いつなぐ日々であるようだ。ひょんなことで、日高の所に出入りするようになり、現在に至る。

今、西村は、日高に勧められてソファーにもどり、腰を下した。斜めに座り、体ごと日高の方を向く。

「それにしても――何ですか、先生」

さっき日高が言いかけて止めた言葉の続きが気になったか、西村は、ためらうことなく問いを発した。

「それにしても――」

と、同じ言い出しで、日高が応じる。

「この聖徳太子という人物、実に多くの不思議な話題に取り囲まれているものだ。――と言おうとしたんだよ」

「不思議な話題と言いますと、どんな」

「たとえば、聖徳太子はキリスト教のイエスではないかという話」

日高がこともなげに言う。西村は何か言いかけたが、声に出さないまま口を閉じた。西村の様子にかまわず、日高が話題を続ける。

「聖母マリアは、夢の中で大天使ガブリエルによって受胎を告知されているが、太子の母も、夢の中で金人なるものに太子を身ごもったことを告げられている。それから、生まれた場所だが、イエスが馬小屋で生まれたというのはよく知られているけれど、実は、聖徳太子も母親が馬屋の前を通りかかったときに産気づいてその場で生まれているのだ」

西村が驚いているのは、その表情から見て取れる。先を聞き急ぎたい表情にも見える。

「さらに、イエスは、洗礼者ヨハネによって、メシア、即ち救世主であることを認められるが、太子も、僧日羅によって救世《ぐぜ》観音として礼拝されているのだよ。救世主と救世観音なんてできすぎとさえ思えてくるよ。他にも、未来を予見する力とか人々の病気を治癒したりとか、いくつかの共通点を上げることができる」

ここまで話すと、日高は、コーヒーを一口すすった。西村は怪訝《けげん》な顔つきで首をひねっていたが、思い切ったという感じで口を開いた。

「いくら共通点があるからと言って、太子がイエスだったなんて、とても思えないんですけど」

日高が笑う。

「そりゃそうだよ。二人が同一人物だなんてことがあるわけがない。太子がイエスだったと言ったのは誇張した表現だ。言わんとしたのは、聖書の中のイエスにまつわるエピソードが、ふんだんに日本書紀等の太子伝の中に取り込まれ、聖徳太子をイエスと同等あるいはイエス以上の者として聖人化、神格化するために使われているということだよ」

日高の解説を聞いても、西村の顔からいぶかしげな表情は消えない。西村が問う。

「日本書紀が書かれたのは、いつ頃でしたっけ」

「八世紀の半ば。西暦七〇〇年代の初頭にはすでに編纂《へんさん》に取り掛かっているようだね」

西村は、額に手を当てた。その手を膝にもどすなり、また問いを発する。

「日本書紀が書かれた七〇〇年代に、キリスト教が日本に伝わっていたんでしょうか」

「七〇〇年代初頭、奈良時代の日本にキリスト教が布教された形跡はない」

へっ、という顔をする西村。日高が続ける。

「ただし、キリスト教やイエスの話が何らかの形で入ってきた可能性は、研究者によってすでに指摘されているんだ」

日高は、イスから立ち上がると、スチール製の書棚から一冊の書籍を取り出した。仕事机の方にはもどらず、西村のいるソファーの方へ来た。西村と二人で話をするときは、三人掛けのロングソファーが日高の指定席である。指定席に腰を下ろし、本を開いて正面のシングルソファーの西村に示した。

「ここのところだ。えっと、太子の時代、当時の中国で景教というのが流行したとある。『景教とは、東方キリスト教の一派で、四世紀のネストリウスを教祖とする。イエスについての解釈の違いから主流派によって異端とされ、布教圏を中近東から中国に延ばす。時の中国の皇帝に歓待され、布教活動も公認され、教会の建立も許可されている。』で、一時は大いに流行したらしい」

パタッと本を閉じ、日高は話を続ける。

「その頃の中国にはすでに日本から多くの留学生が送られていたから、彼らが景教と接触していた可能性は十分にある。留学生たちがみやげ話として日本に持ち帰った、異邦人たちの神の話が、聖徳太子伝の中に取り込まれたのではないか。これが、研究者の指摘するところだ」

西村は、無言で大きくうなずいた。日高がテーブルの上に置いた本をパラパラとめくっていたが、おもむろに口を開いた。

「先生、聖徳太子にまつわる不思議な話で、もっとおもしろい話はあるのでしょうか。今のイエスとのつながりもおもしろかったんですけど」

「もっとすごいのがあるぞ。イエス伝とのつながり話も、ぶっ飛びそうなくらいに強烈なやつが」

魚の喰いつきを待っていた釣り師のように、日高が即時に応答した。問うた西村の方がポカンとする。日高が話す。

「聖徳太子に関する研究、学説は数多いが、その中に、聖徳太子は存在しなかった、という説がある」

きっぱりと言う日高。西村はポカンとしたままであったが、我に返ったかのように目を大きくすると、ようやく言葉を発した。

「先生、今、何と言われましたか」

「太子は存在しなかった、架空の人物だった。こう言ったんだよ」

えっ、という顔で、改めて驚く西村。

「いくら何でも、聖徳太子はいなかっただなんて。学校の教科書にも載っている人物ですよ、太子と言えば」

「それでも、存在しなかった」

強い口調でそう言った後、日高は、

「という研究が公表されているんだからしようがない」

と、少し弱い口調で付け加えた。

「しようがないって言ったって、先生。ちゃんと根拠はあるんですか」

疑いの気持ちが強いことが、西村の語気の強さに表れている。

「根拠があるから研究であり、学説なのだ」

また、強い口調でそう言った後、日高は、すぐに弱々しい口調で付け加える。

「とは言うものの、私は、その研究論著を直接読んではいないのだ。他の著書でちょこっと紹介されていたのを見たに過ぎない。だから、具体的な解説を求められると困るのだが、その説の結論としては、蘇我馬子が聖徳太子であるということらしい」

「えっ、馬子と言いますと」

「聖徳太子とともに、女帝の推古天皇の政治を補佐したとされる人物だ」

日高の言葉に、西村が一瞬にしてうれしそうな表情になった。

「思い出しましたよ。ごく騒がしい太子の摂政って、年号を覚えたんですよ。五九三年に聖徳太子が推古天皇の摂政になるんですよね。で、いっしょに推古天皇の政治を助けた馬子。同じ頃に小野妹子という人も出てきますよね」

日高が苦笑いする。

「すると、君の友人の中にも馬子や妹子が女性だと言い張る者がいたんじゃないかね」

「あっ、僕、言ってましたよ、それ。社会の先生のところにみんなで確かめに行って、大恥をかいたんでした。嫌なことを思い出しちゃったなあ」

いかにも恥ずかしそうに、西村は頭をかいた。

「まっ、ともかくも、その蘇我馬子こそが聖徳太子その人であり、別人物としての太子は存在しなかったというのだよ」

日高がそう言うと、西村が神妙な面持ちになった。ぼそりとつぶやく。

「でも、そういう説を唱えるのですから、それなりの根拠があるのでしょうね」

日高も神妙な顔をする。

「うむ。研究著書を目にしていないので確かなことは言えない。が、自分なりに推理はしてみた。と言っても、太子イコール馬子と仮定して、二、三の日本史の通説書を読み直してみただけだがね」

「どうでしたか、読み直した結果は」

西村が身を乗り出す。日高が答える。

「二人の行動は、大部分、重なっていく。同一人物の事跡を二人の人物のものとして二分して記載したと解釈して、ほとんど差支えない。聖徳太子不在説の研究者も、その辺りのことを学術的に論証しているんだろうと思う」

西村はなおも身を乗り出したままである。

「先生は、どのようにお考えですか」

日高は、腕組みをした。そのままソファーに深く背もたれし、天井を見つめる体勢になる。静かに口を開いた。

「確かに、二人の行動を一人の行動として歴史本を読んでみても、大きな無理は生じない。活躍した期間、死没年などが大きくずれることもない。同一人物説は十分に成り立つ」

日高は、そう言って腕を組み直し、天井に向けていた視線を西村に下ろした。

「しかし、私は、聖徳太子と蘇我馬子とは別個の人物だったと思う」

意外な、という顔をして、西村が問う。

「先生が二人を別人と考える理由は何でしょう」

詰め寄るような西村から視線を外し、再び日高は天井を見つめた。

「うん。その理由というのは、何て言うか――」

歯切れの悪い、日高の返答である。首を右に左に傾けてポキポキと鳴らす日高。その日高の視線が壁に掛かった時計に止まった。

「先生、なぜ、太子と馬子は別人だと――」

考えるのですか、と言わせず、その言葉にかぶせるように、日高が言った。

「西村君、君、今日はバイトは休みなのかい。時計を見たまえ」

ぎょっとして、西村は日高の視線の先の壁掛け時計を見た。すぐに、自分の腕時計も見る。

「遅刻だ」

叫ぶなり、ソファーから立つ西村。

「この続き、また聞かせてください。今日はこれで失礼します」

リュックを片手に取り、西村は、そそくさと玄関に向かう。その背中に日高が声をかける。

「ちょっと、西村君。これを持って行って」

ソファーから立ち上がり、日高は、仕事机の向こう——窓側の方に回ると、書棚から二冊の本を取り出した。西村は、ソファーの位置までもどっている。

「これ、読んでおいて」

机の向こうから、日高が二冊の本を持った手を伸ばす。西村は、さらに机の前まで進んで本を受け取ると、ペコリと会釈した。

「では、急ぎますので」

くるっと背を向けて玄関の方へ小走りに進む西村。玄関に着くのを見計らっているのかいないのか、また、日高が呼び止める。

「西村君、ちょっと」

玄関の上がり口で西村が振り返る。無言。

「この福沢諭吉の肖像画は、私がもらってもいいのかな」

先刻、西村が自分の財布から取り出した一万円札が日高の机の上に置かれたままである。リュックと本を抱え、速足で机のところまでもどると、一万円札をポケットにねじ込み、一目散に玄関に向かう。

靴を履いて振り返り、余裕のない、こわばった顔で一つ会釈するとうんとも言わず、飛び出て行った。

日高は、机の上に残された旧高額紙幣を一瞥《いちべつ》してから、コーヒーカップを手に取り、すでに冷たくなっているコーヒーを一口で飲み干した。

2　太子怨霊説

ピンポーン。耳に心地よい響きのドアホーンの音である。

「開いているよ」

日高圭介が応じると、ガチャリとドアが開き、西村栄二が姿を見せた。

「こんにちは。いや、先生。衝撃衝撃、大衝撃」

リュックを抱えて入ってくるなり、西村は興奮気味にまくしたてる。

「聖徳太子が怨霊として恐れられていたなんて、もう、大ショックでしたよ」

大きな目をいっそう大きくしながらそう言い、シングルソファーに腰を下ろした。日高は、三人掛けのソファーに深くもたれたままその西村を眺めている。

「何だか、読んではいけない本を読んだって感じですよ。参りました」

西村が落ち着いたのを見計らっていたか、ようやく日高が口を開いた。

「で、西村君。もう一冊の方も読んだのかい」

「ええ。読みやすかったので、先に。何せマンガですからね」

言いながら、西村は、リュックから本を一冊取り出した。先日、日高が西村に渡した二冊の一方である。少年少女向けの歴史学習マンガ。聖徳太子を中心に描いてある巻である。

「西村君、このテのものを軽く見てはいかんぞ。監修や考証にその道の第一人者をそろえてあって、通説を偏りなくわかりやすく描いてあるからね」

そう言って本を受け取ってから、日高が言い足した。

「読んだのであれば、宿題の方も提出してもらおうかな」

「あっ、その本に挟んでますよ」

日高は、学習マンガの方に「聖徳太子について知っていた事物を箇条書きにせよ」と記した原稿用紙を添え挟んでおいたのである。日高は、本をパラパラとめくり、すぐに原稿用紙を取り出した。テーブルの上に広げる。

①頭脳明析
②神秘的な能力
③蘇我馬子とのコンビ
④推古天皇の摂政
⑤法隆寺の建立
⑥憲法十七条
⑦冠位十二階
⑧遣隋使の派遣
⑨日出づる処の天子
⑩仏教研究

「ふむ。ずいぶん知っていたね」

原稿用紙の文字をざっと目で追ってから、日高が感心した口調で言った。

「マンガを読みながら、何とか思い出したというところですがね。学校の教科書の説明もこのくらいのものだったと思います」

「うん。太子の一般的なイメージを言葉で具体化すると、こんな感じだろうね」

日高は、うなずきながらそう言い、コーヒーを一口すると、カップを置いた。

「ところで、もう一つの本は、どうだった」

待ってましたとばかりに、西村は、身を乗り出すようにして話し始める。

「だから、言ったじゃないですか。衝撃衝撃、大衝撃ですよ。難しい部分もあって飛ばし読みになったんですけど、何しろ言っていることが明確でしたから、肝心なところはきちんと理解したつもりです」

日高が西村に渡したもう一冊は、梅原猛著『隠された十字架　法隆寺論』であった。

「で、読み飛ばしたところを、もう一回ちゃんと読んでみようと思いますので、もう二、三日、借りておきたいのですが」

もう一冊の方は持って来ていないらしく、西村は、そう言って小さく頭を下げた。

「それはかまわんが。——じゃあ、今の段階で、梅原氏の説について理解していることを聞かせてみてくれ」

言われて、西村は、リュックをごそごそと探り一枚のメモ用紙を取り出した。しばらくメモを見ていたが、では、というふうに顔を上げ、静かに話し出した。

「梅原先生は、藤原不比等という人物が聖徳太子ゆかりの法隆寺に、大々的な寄進をしていることに疑問を抱きます。なぜなら、不比等の父鎌足が、太子の子孫一族を全滅に追い込んだ黒幕だったからです。なぜ、政敵方の寺へ寄進するのか、と」

日高は、黙ってうなずいている。西村が続ける。

「その疑問を追求する中で、梅原先生は、不比等が寄進した年に不比等の子供四人が次々と死んでいることを発見します。そして、不比等が法隆寺に寄進したのは、不比等が自身の子四人の連続死の原因を、父鎌足によって子孫を全滅させられた太子の祟《たた》りと恐れたためではないかと考えます」

うなずく日高。無言である。西村が続ける。

「その考えを発展させ、梅原先生は、法隆寺そのものが藤原氏による、太子の怨霊封じのための寺ではないかという仮説を立てるわけです」

「その仮説を、梅原氏は、どのように検証していたっけ」

日高の言葉を受け、西村は、手元のメモを見直す。

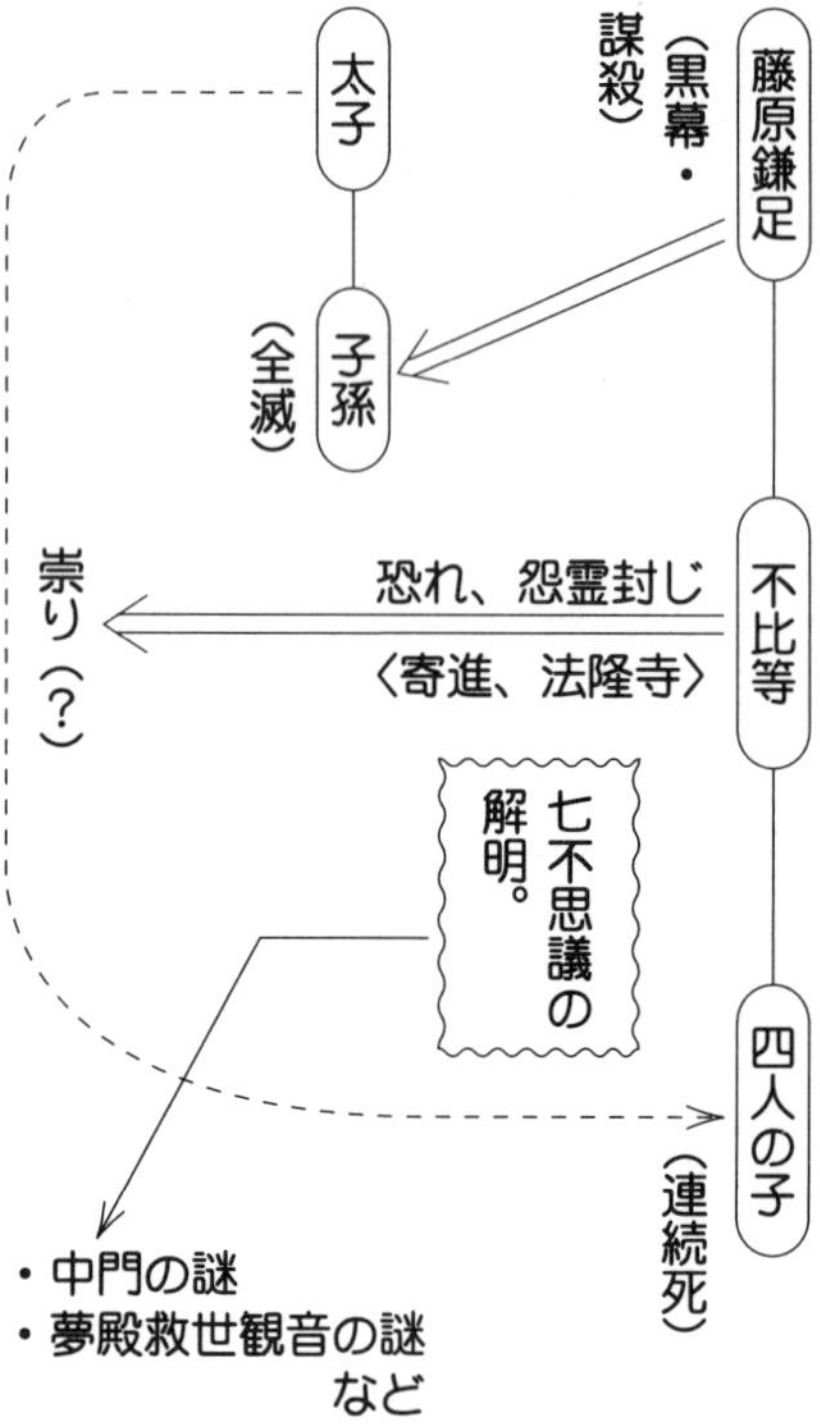

「七不思議の解明ですね。法隆寺を太子の怨霊を鎮めるための寺ととらえることによって、法隆寺に関する七つの謎が解き明かせると言うのです」
「たとえば」
「たとえば、人々が出入りするはずの中門の、その真ん中に通せんぼをするかのように立てられた柱の謎。人が入るのを拒むかのような不自然な感じらしいです」

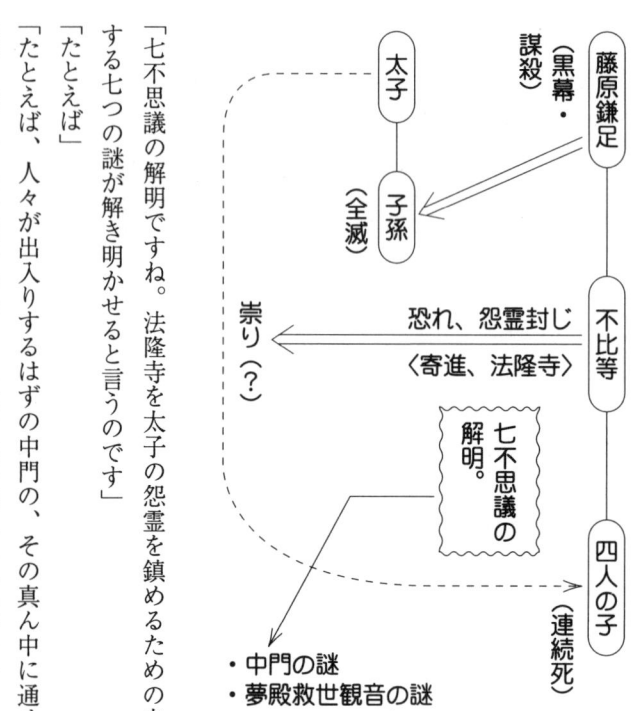

「ふむ」

「この不自然な柱も、来る者を拒む柱ではなく、法隆寺の内側から外へ出ようとする太子の怨霊を寺の中に封じ込めるための柱だと解釈すると、なるほどと納得できるわけです」

「ふむふむ。他には」

日高の合の手に、ちらっとメモを見る西村。

「えっと、夢殿という建造物とその中に置かれた救世観音像の謎。まず、夢殿は、通例の建造様式には見られない建築物であるという点で謎とされています」

無言で小さくうなずく日高。西村が続ける。

「救世観音像は、太子の等身仏とされている物ですが、光背を後頭部に釘で直接打ち付けてあるという、不気味な姿だそうです。おまけに、その木像は背中の方からくり抜かれ、空洞にされているそうです」

「その上に、白布で幾重にもぐるぐる巻きにされてあったと」

「そうですそうです」

日高の補足に、西村がうれしそうに相づちを打ち、言葉を続けた。

「夢殿の謎も、救世観音像の謎も、それらを怨霊封じととらえることで解き明かせるわけです。八角形の建物で正式な出入り口のない夢殿は、太子のお墓です。頭に釘を打ち込む、中をくり抜く、ぐるぐる巻きにするという仕打ちは、観音像を太子に見立てて、呪いをかけ、息の根を止め、怨霊として出現できないようにした、と解釈できるわけです。梅原先生は、他の謎についても、怨霊封じという見方で見事に解明しています」

西村の話が終わると、日高は満足そうな笑顔で、パチパチと手を叩いた。

「西村君、大したものだ。おかげで、梅原氏の説の卓越さを、新鮮な気持ちで再確認できたよ」

「いやあ、ほんとに、僕、久しぶりに知的な感動を味わいました」

西村の言葉が誇張でないことは、いくらか上気した表情から明らかである。

「だろ。私も学生時代に梅原氏の『法隆寺論』を読んで、身が打ち震えるような衝撃を受けたのを思い出すよ」

何かうれしそうな顔の日高であった。コーヒーカップを手に取り、一口おいしそうに飲んだ。

「先生の学生時代と言いますと、相当、昔のことになりますね」

そう言う西村の顔に悪意は見て取れない。しかし、日高は敏感に反応した。

「西村君。人間というものは、我知らず、人を傷つけて気がつかない生き物だよね」

表情を作らずにそのように言って、日高は、じっと西村を見る。西村は、一瞬何事かわからないという顔をしたが、すぐに察したらしく、手で口を押さえた。

「確かに、私が学生だったのは二十年近くも前のことだから、相当の昔には違いないやね」

足を閉じ、肩を落として、身を小さくする西村。申し訳なさそうな声で言った。

「私が言おうとしたのは、長い年月が経過しているにもかかわらず、梅原先生の説が一般に知られていないのでは、ということでして」

「長い年月の経過を表現するのに、私の学生時代を、相当の昔にしなくてもよさそうなものだが」

わざとらしい嫌味な口調で、日高が言う。西村は、ますます身を縮めて見せた。

「まっ、よかろう。楽にしなさい、西村君」

言われた途端、西村は、元の格好にもどり、何事もなかったかのように、涼しい表情になる。日高の芝居気に、西村が合わせているらしい。平然として西村が問う。

「梅原先生の太子怨霊説は、一般的には認められていないのでしょうか」

日高がいくぶん神妙な顔つきになる。

「一九八〇年前後、梅原氏の太子怨霊説の発表は、その分野の研究者たちを震撼《しんかん》させ、一般読者の知的好奇心は大いに刺激された。日本史を怨霊封じというキーワードで読み解くという方法論を開示したという一点だけを取り上げても、画期的な研究だったと思う。実際、梅原氏のこの研究に刺激され、創作物、歴史研究、古典解釈など、あらゆるジャンルにおいて、怨霊封じという視点から多くの著述が刊行されるようになったのだよ。しかし——」

日高の顔に険しさが浮かぶ。

「しかし、極端な言い方をすれば、梅原説そのものは、同じ領域の専門家からは黙殺されてしまう。その領域の専門研究者からの、全面的な支持論は、ついに出されなかった」

「なぜですか」

西村は、怪訝な表情で問うた。

「梅原説は、従来の太子像を覆すものだ。研究者たちにとって、梅原説支持論を出すことは、それまでの自分の研究を放棄することだったのだ。支持を躊躇したのも無理からぬことだろう」

「反対論の方は」

「梅原説の公表後、いくつかの反論や批判が出されたが、日の目を見ないままに消えた」

「なぜでしょうか」

また、怪訝な表情で西村が問う。日高が神妙な面持ちで答える。

「梅原説が強力過ぎるからだよ。正面からの反論は討ち死に状態だ。ただし、七不思議の一つである中門の柱に関して建築様式史の観点からの反論など、部分に対しての反論の中には説得力のあるものがいくつかある。しかし、このように反論や批判を提唱する研究者は、良心的だよ。大多数は、黙殺して太子怨霊説をなかったものにしようとしている」

吐き捨てるように言って、日高は、コーヒーを一口すすった。日高がカップをテーブルに置くと、西村は、おずおずとして問うた。

「先生は、太子怨霊説についてどのように考えているのですか」

「当然、怨霊説支持、梅原説大賛成だ」

日高は、きっぱりと言った。続けて言う。

「聖徳太子は、怨霊とならざるを得ない扱いをされたのだと思う。ただ、それは、梅原説で言うところの一族皆殺しだけが原因ではない。もっと深い恨みを抱いて死ななければならなかったのではないか。

私はそれを、盟友であった蘇我馬子との関係にあると見る」

　日高の言葉に、西村が敏感に反応した。目を大きくして言った。

「あっ、蘇我馬子。怨霊説に気をとられて、すっかり忘れてましたよ。馬子が太子であるという説に対して、先生は、太子と馬子はやはり別人だと考えている、ということでしたよね」

「おや、覚えていたのか」

　気のないふうに日高がつぶやき、人差し指で額をこすった。静かに語り出した。

「太子の仕事とされる、冠位十二階の制定や遣隋使の派遣など、君がさっきの宿題メモに書いてきた事柄のほとんどが、実は、聖徳太子との関連を明確にできないものなのだ」

「えっ」

　驚く西村。日高が続ける。

「もちろん、日本書紀の中に、太子が推古天皇の摂政になったことは明記されている。冠位十二階も遣隋使も、その期間のできごとであるから、太子がやったことであろうとされているにすぎないのだ。それらに関する日本書紀の記述に、太子の名前は出てこないのだ。わずかに憲法十七条の記述部分で作成者として名前が出てくるにすぎない」

　無言の西村。日高がさらに続ける。

「つまり、太子は具体的な仕事は何一つしていないのだ。時の実力者は蘇我馬子、事実上の施政者は馬子だったから、太子の仕事とされていることは、実は、馬子の手柄となる。太子は不在の者となり、太子馬子同一人物説がめでたく成立する」

　思わずうなずいた西村であった。が、すぐに我に返ったという顔をして言った。

「先生の主張は、別人説だったんですよ。同一人物説の根拠を説明してどうするんですか」

「ちぇっ、気づかれてしまったか」

　日高がにやりと笑う。コーヒーカップを手に取ったが空っぽになっている。

「いや、失敬。別人説の根拠も説明するから、西村君、君もコーヒーを上がりなさい」

　ついでに自分の分も入れよ、という催促であることは、西村も承知しているらしい。日高のカップを持って、西村がソファーから立ち上がり、流し台の方へ行く。

　西村は、コーヒーカップを二つ手にしてもどってきた。腰をかがめてテーブルの上に置いた。

「あっ、ありがとう」

　日高が言い、カップを取って少しだけすすった。静かに語り出す。

「さっきの梅原氏の著書にもどるが、この著書の中に示されている重要な指摘の一つは、古代日本の正史とされる古事記や日本書紀の編纂《へんさん》の意図に関することだ。即ち、藤原氏政権下で編纂された記紀の記述は、藤原氏政権の正当性を示唆する構造になっているというのだよ」

　ポカンとする西村。日高が言い足す。

「つまり、現政権藤原氏を正義と見せるために、前政権の蘇我氏を悪者として書く傾向にあるというのだ。特に、蘇我氏の大ボスの馬子は、大悪人に仕立てあげられているはずだ。――そこで、私に、ひらめくことがあった」

「と言いますと」

「馬子が非常に優秀な政治家であったことは、疑いようのない事実だ。推古朝期の日本国家は、馬子の存在なくしてはあり得なかったと言われる。政敵の暗殺といった悪どいことも確かにやっただろうが、一方では、消そうにも消し去れない数々の優れた業績も残している。だから、悪く書こうにも悪く書けない部分が出てくる。そこで――」

西村が身を乗り出す。日高が続ける。

「日本書紀の記述に当って、架空の理想的な人格者を作り上げ、実際にはなかった摂政という役職に就かせる。馬子の優れた業績を文章化する際、あえて主語を書かないことにより、すべての業績があたかもその摂政職の人物の手柄のように錯覚させる。自動的に、書紀の中の馬子は、実在の馬子の悪どい所行のみを被せられる」

「その架空の人物が聖徳太子だというわけですね」

なるほど、とばかりにうなずく西村。が、再び我に返ったという顔をして叫んだ。

「先生、また、太子馬子同一人物説になってますよ」

苦笑いの日高。

「いや、西村君。考えれば考えるほど、同一人物説に賛同したくなってくるのだよ。馬子にしても、藤原氏の謀略によって子孫を殺害され、一族を滅ぼされているのだから、怨霊となって藤原氏から恐れられても不思議ではない。法隆寺は、太子の鎮魂と見せかけて、実は馬子の鎮魂の寺であるとすれば、太子怨霊説とも何ら矛盾しないのだ」

西村がうなずく。うなずいてから、小さく首をかしげた。そして、つぶやくように問う。

「太子と馬子は、同一人物だということですか」

日高は、即座に首を横に振った。

「同一人物としてしまうと、説明の付けにくいことが二つ生じてくる」

「二つ——」

「うむ。一つは、斑鳩宮《いかるが》の存在だ。太子の個人の宮とされていて、飛鳥《あすか》から二〇キロメートルほどの距離にあった。発掘調査によっても、その存在は確認されている。六〇五年以降、ここに移り住んだのは誰かとなると、太子ではあっても馬子ということはあり得ない」

「なぜ、馬子ではあり得ないのですか」

「当時は、推古十三年前後というから、馬子が精力的に国づくりに取り組んでいる真っ最中だ。この時期に、用心深かったであろう馬子が飛鳥を離れて斑鳩に住んだとは考えられない。政変が起きたときの対応が遅れてしまう。また、軍勢を常に二分しなければならない状況を、馬子がよしとしたとは思えない」

そう言って、日高は、コーヒーを一口すすった。西村もカップを手に取り、口に運んだ。

「斑鳩宮は、一般には、馬子の独断的な執政に嫌気のさした太子が、馬子から離れるために建造したとされているが、その通りではないにしても、それに近い事情の物と理解した方がすっきりするのだよ。したがって、斑鳩宮の存在を考慮する限り、太子と馬子は別人であったとした方がよいのだ」

西村は、ゆっくりと深くうなずいた。そして、額に手を当てて何かを思い出すようなしぐさで問いを発した。

「二人を同一人物としたとき、説明が付けにくいことのもう一つは、何なのでしょうか」

すぐには答えず、日高は、コーヒーカップをテーブルの端に寄せると、鉛筆を握ってテーブルの上にあった原稿用紙に何やら書き付けた。

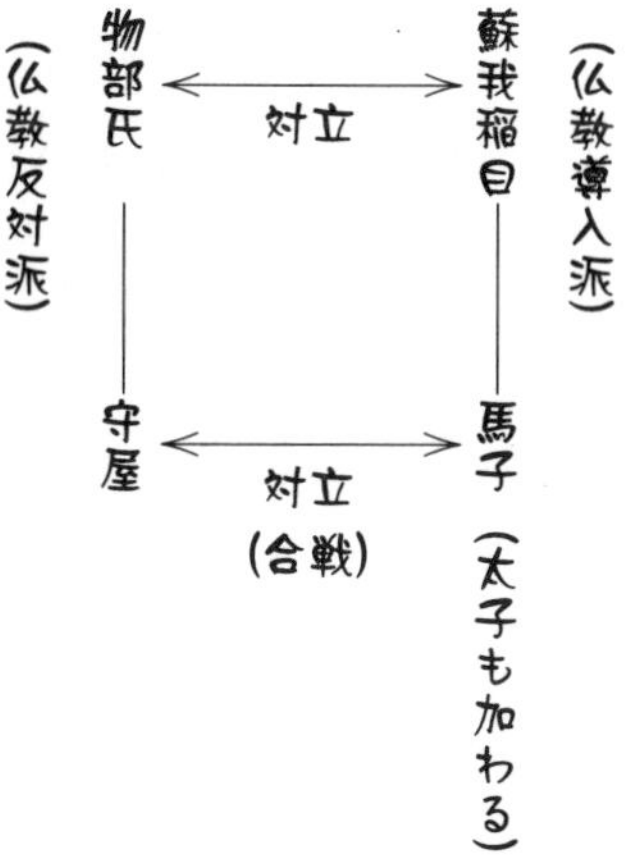

「蘇我氏が日本の歴史の表舞台に具体的に登場するのは六世紀後半、馬子の父稲目の代からだ。稲目の代から、蘇我氏は積極的な仏教導入派であり、保守勢力で仏教反対派の物部氏と激しく対立するもこれに勝ち、天皇家にも、がっちりと喰い込む」

日高は、テーブルの端のカップを手に取ると、コーヒーを一口すすった。話を続ける。

「馬子の代になると、反対勢力も武力をもって完全に制圧、実権を掌中に収めた馬子は、仏教を求心力とした統一国家の形成に力を注ぐのだ。国づくりに利用しようと、馬子は、父稲目以上に仏教導入を推進した。馬子なくして統一国家ができなかったように、仏教なくして統一国家はつくり得なかった。ここがポイントだ、西村君」

「と言いますと」

「国づくりのために仏教を必要とした馬子だが、彼自身が仏教弘道の指導者として人々の前に立ったであろうか、ということだ」

「馬子が仏教指導者だったのかどうか――」

日高の言葉をくり返すようにつぶやき、西村は小首をかしげた。

「つまり、政敵を潰すためにあらゆる策謀を駆使し、流血の修羅場をくぐったであろう馬子が、同時に、仏様の教えを説く者として人々の前に立ったとは考えられない、ということだよ」

「あっ、なるほど。血生臭さの漂う馬子が仏様の教えを説いても、説得力がありませんもんね」

合点したとばかりに力強くうなずき、西村が言った。うなずきながら、言葉を続ける。

「そのことを馬子は自覚していて、仏教の指導者として別の人物を表面に出すことにした。それが聖徳太子だった、ということですね」

西村の言葉に日高もにこりとしてうなずく。日高は無言のまま、話の続きを求めるかのように西村に向かって顎《あご》をしゃくった。何か思いついたのか、西村は勢いよく話し始める。

「こういうことじゃなかったんでしょうか。馬子は、いろんな策略を使って実質的な権力者となった。しかし、血筋からして天皇になることは不可能。そこで、コントロールしやすいように、女性の天皇を担ぎ上げたのです。一方、国づくりの求心力にする仏教の指導者にも、自分が表面に立っては逆効果と思い、周囲の反発を買うことのない人物を立てることにしたのです。この二人――つまり、推古天皇とその摂政聖徳太子を表舞台に出し、自分は裏の方から自在に操るわけです」

西村の話に日高が無言でうなずく。西村が続ける。

「政治政策やお寺を建てたりといった仏教事業も、すべて馬子の独断で行われます。推古天皇の方は文句もなく馬子に従っていたのですが、太子の方は、馬子のやり方に疑問を感じ、自分が操り人形であることに我慢できなくなって、馬子から遠ざかろうとする。そのために造られたのが斑鳩宮だった、ということではないでしょうか」

言い終えた西村の頬はいくぶん紅潮している。日高が目を細めて言った。

「なかなかの名推理。太子傀儡《かいらい》説を自分で思いつくなんて大したものだ」

「カイライ。何ですか、それは」

すっ頓狂な声で言う西村。

「君が言ってたじゃないか、操り人形のことだよ」

「操り人形。――あれっ、もしかして、僕が今話したようなことは、すでに言われているということでしょうか」

「そういうことだ」

すました顔で、日高が言った。

「はあ、せっかく熱弁を振るったのに」

ため息とともに肩を落として見せる西村。日高が苦笑いしながら言った。

「仏教弘道のことを考えれば、馬子と太子が別人であった方がよいということがわかって、よかったじゃないか。――太子の伝説に、馬子が物部守屋と合戦したとき、劣勢に追い込まれた馬子軍を、十六歳の太子が仏護を念じて兵の士気を鼓舞し、勝利に導いたというエピソードがある。これは、武力で政敵を圧していった馬子と、仏教指導で人心を収攬する役目を担わされた太子の姿を象徴しているのだと思うのだ」

そう言って、日高は、コーヒーを一口すすった。カップを置いて、話を続ける。

「君も気がついたように、太子が、国家権力の確立とその掌握のために仏教を利用しようと企んだ馬子によって、民衆の前に引っ張り出されたことは間違いない。そして、仏教弘道の顔となったことと、断ち切れない馬子との関係。その延長線上で、聖徳太子は、怨霊とならざるを得なくなるのだ。梅原説で言う子孫一族皆殺しよりも、太子自身のことによって」

西村は、うなずこうともせず、じっと日高の話を聞いていた。ぼんやりしているようにも見える。

「ところで、西村君。余計なお世話かも知れんが、人様から、あの男は時間にルーズだなんて、嫌なレッテルを貼られないようにした方がいいぞ」

何のことか、という顔をした西村であったが、壁に目をやった日高の視線を追うや、いきなり立ち上がった。壁掛け時計を見たのである。バイトの時間になっているようだった。

「失礼します」

リュックを取り上げると、西村は小さく会釈するのもそこそこに、玄関に向かった。

「また来ます」

そう言い残して、西村は、玄関から飛び出て行った。その背中を見送ると、日高は、カップの底に残っていたコーヒーを一口で飲み干した。

3 太子の系図

日高圭介の仕事場は、コーヒーの香りに満たされていた。壁の時計は、午後三時になろうとしている。

日高は、ソファーに深くもたれてノートを見ていた。

ピンポーン。ドアホーンが鳴った。

「開いているよ」

日高が叫ぶと、ガチャリとドアが開き、西村栄二が姿を見せた。

「こんにちは。うわっ、コーヒーの香り」

一瞬たじろぐような動作をしてから、西村は中へ入ってきた。

日高のいるところまで来ると、小さく会釈してシングルソファーに腰を下した。

「お邪魔します」

そう言って、西村はもう一度ペコリと頭を下げた。日高も小さくうなずいた。

「元気そうだね、いつも」

「元気元気、大元気ですとも。あれ、何ですか、そのノート」

西村は、日高の腰かけているソファーに伏せられたノートに視線を注ぐ。

「おっ、見つかってしまったか。これは、通称日高ノート。日本史、世界史の定説を覆す秘密がみっちりと記されている」

日高は、わざとらしく声を潜めて言った。西村も、声を潜めて問うた。

「通称って、どういう人たちの間の通称なんですか」

「私がそう呼んでいる。君も、そう呼びなさい。日高ノートと呼べば、見せてやらんこともない」

これもわざとらしい見下す表情で、日高が言った。西村は即座に叫んだ。

「日高ノート、日高ノート、日高ノート。ワンワンワンワン」

「ワンワンは、何だね。時々、君がわからなくなるなあ。——まァ、よかろう。ほら」

日高は、ノートをひっくり返して、見開きのまま、テーブルの上に置いた。

太子の系図

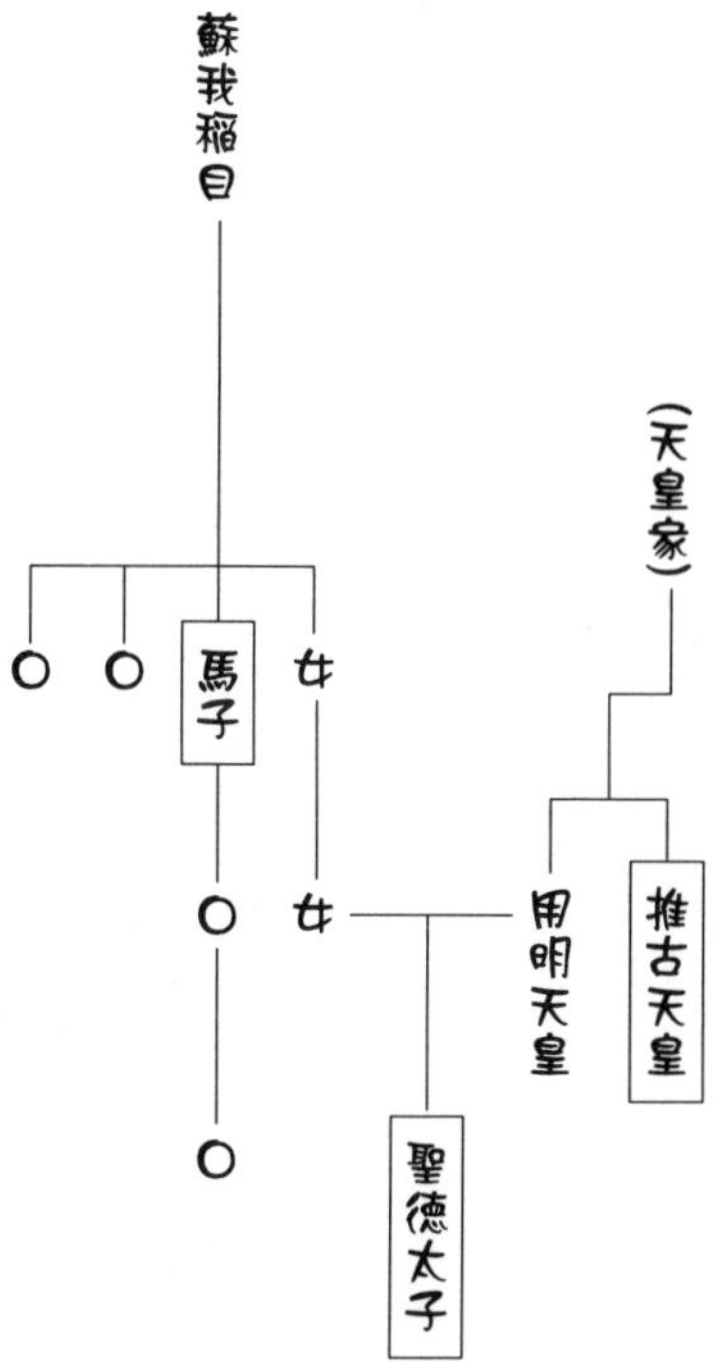

開かれたページをざっと見て、西村が言った。

「馬子と太子の系図ですね。へえ、馬子と太子は血のつながりがあったんだ。」

「そうだ。聖徳太子は、天皇の血を受け継ぐ皇子であると同時に、馬子と同じ血を引く、蘇我一族の一員でもある。そのことを頭に入れて、こっちを見てごらん」

そう言って、日高は、ノートを二、三回めくり、別のページを見開きにした。

厩戸《うまやどの》皇子《みこ》
蘇我馬子
司《し》馬《ば》達《たつ》等《と》
鞍作鳥《くらつくりのとり》
東漢直駒《やまとのあやのあたえこま》
黒駒
生駒山
馬の骨
飾り馬七十五頭

西村は、書かれている言葉を一つ一つ小声でぼそぼそと読み上げた。

「みんな、馬が関係していますね」

「厩戸皇子は、太子の幼名だ。馬子の後の三つは、いずれも蘇我氏の側の人物の名前だ」

「この黒駒というのは、太子の愛馬のことですね。先日お借りした歴史マンガにも、さっそうと馬を走らせる太子の姿が描かれていました」

西村は、ノートの上の黒駒の文字を指で指しながら言った。

「うむ。聖徳太子と黒駒の組み合わせは、画題になるほどよく知られている。その黒駒は確かに太子の馬のことだ」

うなずくかうなずかないか判別できないほどに、わずかに首を縦に振り、日高が言った。

「生駒山、というのは何ですか」

西村が問うと、日高は、少し神妙な表情をして答えた。

「斑鳩の近くの山。馬子の孫入鹿一派に急襲された太子の実子山背皇子が逃げ込んだとされている山だ」

「あっ、すると、この馬の骨というのは、その際に、山背皇子が行なった偽装工作の小道具のことですね。敵軍が斑鳩宮を焼き払って自分たちの死を見届ける際、人骨と見誤らせるように、宮に馬の骨を置いて逃げたという」

「そうだ。よく知ってたねえ。じゃあ、この飾り馬は何だい」

日高の問いに、西村は、すかさず答えた。

「それも歴史マンガに描かれていました。小野妹子が帰国した際、妹子に同行していた隋国の使者を、飾り立てた馬七十五頭をずらりと並べて歓迎する、そのときの馬のことです」

「うむ、そうだ。ただ、歓迎というよりは、国力を誇示する示威行為だったんだろうね。馬子という人物は、統一国家を建てるにあたって、大陸諸国を強烈に意識していた節があるから。なめるなよ、というところを見せておきたかったんだと思う」

そう言って日高は、コーヒーカップを手にしたが、空になっているのを見て、またテーブルに置いた。

「西村君、今、おいしいコーヒーが入ったところだ。君も上がりなさい」

ついでに自分の分も入れよ、という意味であるらしい。西村は、日高のカップを取って流しの方へ立った。間もなくして、西村は、両手にカップを持ち、バランスを保つように小刻みに歩いてもどってきた。

「おっ、ありがとう」

前に置かれたカップを手に取り、日高は、少しだけ口をつけ、またテーブルにもどした。

「太子や馬子の周りに馬に関係する事柄が多いのは、何か理由があるのでしょうか」

西村の問いに、日高は、静かな口調で語り出した。

「うむ。蘇我氏と馬の関わりについては、すでに多くの研究者によって論究されているようだ。蘇我氏の勢力強大化には、蘇我氏に従う大陸系の集団の存在が指摘されるが、その集団の中に、馬の飼育や調教に熟練した一団があったとか、あるいは、蘇我氏自体が朝鮮半島から渡って来た騎馬民族の子孫であったとか、諸説が提唱されているらしい。いずれにしても、蘇我氏は、非常に馬との関わりの深い氏族なのだよ。おそらく――」

　そう言って、日高は、コーヒーを一口すすり、言葉を続けた。

「おそらく、蘇我氏は、当時としては最強の軍事力だったであろう騎馬軍団を、自在に操る力を持っていた。蘇我氏の血を引く太子に、乗馬に優れていたという伝説が残るのも、そのことを象徴しているのだと思う」

　日高の言葉にうなずいた西村だが、小首をかしげると、問いを発した。

「馬に関係の深い蘇我氏のトップである馬子の名前が、それこそ馬子となっているのは何か意味のあることなのでしょうか」

「おっ、いいぞ、西村君。いいところに気付いたね」

　軽い調子でそう言いつつも、日高の表情は明るくはなかった。日高は、静かな口調にもどって、言葉を続ける。

「私は、日本書紀の中で馬子と呼ばれるその人物が、本当に馬子という名前であったのか、疑問に思っている」

「と言いますと」

　驚いた様子で、西村が問う。

「日本書紀が藤原氏政権を正当化するために、蘇我氏を悪人化する傾向にあることは、前に話した通りだ。私は、その正当化というのが史実の歪曲のみならず、人物そのものの歪曲にも及ぶものだと考えて

なっていると思うのだ」

「うむ。書紀の整合性が破綻しない限りは、人物の出自や血縁関係、そして名前までもが歪曲の対象に
いる」

「人物そのものの歪曲、ですか」

　日高の弁に、西村が眉を寄せ、問うた。

「そう考える根拠は、何でしょう」

「歴史を伝記物語化する紀伝体という方法が日本書紀の記述法に混在していることだよ。年代ごとに史実を列記する純粋な編年体であれば、人名不詳の場合、たとえば、推古何年蘇我の某、寺を建立す云々、という具合に、名前不明という事実のまま、不明として記載しても何ら不都合はない。しかし――」

　日高は、大きく息を吸い込んで話を続ける。

「しかし、物語化して記すとなると、空白の部分があっても空白のまま記すわけにはいかない。創作せざるを得ない。人物の出自も名前さえも、それが不明であったなら、書き手の意図に沿って創作されるだろう。不明でなくても、意図に沿って歪曲された場合だってあるだろう」

「では、馬子という名前は、その歪曲によって付けられたというのですか」

　西村が少し興奮した口調で問うと、日高は、ゆっくり深くうなずいた。

「馬子と呼ばれたその人物には、別の本来の名前があったはずだ。しかし、その名前は、日本書紀の制作監修者である藤原不比等の神経を逆撫でするようなものだった。不比等は、執筆陣に命じる。蘇我の

あの男の名前はどこにも残すな、変名を与えよ、馬軍団のボスだから馬子とでも付けておけ、と」

「それで、馬子、ですか」

失笑の様子の西村。かまわず、日高が話す。

「卑しめるつもりだったのかも知れないが、強大な蘇我氏のシンボルである馬の字を与えたことで、逆に、その男がいかに蘇我氏を代表するにふさわしい、偉大な人物であったかが知れるではないか」

そう言って、日高は、カップを手に取って口に運んだ。ぬるくなっているのか、勢いよくあおるように流し込む。西村は、日高の話が腑《ふ》に落ちないのか、右に左に首をかしげている。やがて、何か思い出したように口を開いた。

「馬子という名前にそのようないわれが考えられるのでしたら、同じ馬に関連した、太子の幼名の厩戸皇子にも何かいわれがあるのでしょうか。生まれた場所に因んだという以外に」

「今日は冴えているねえ、西村君。今、そのことを言おうとしたところだよ。――今、君が言ったように、日本書紀では、太子の母が宮中を見回っていて、馬官《うまのつかさ》まで来たときにその厩戸のところで急に産気づいて生まれた、で、厩戸皇子と名付けた、と。しかし、このエピソードは、そんな単純な名前の由来譚では断じてない」

強い口調で、日高が言った。わずかに沈黙した後、静かな調子にもどして話を続ける。

「太子怨霊説の先駆者梅原猛氏が、日本書紀の書かれ方について興味深い指摘をしている。従の事務官が密かに主の行政官に反抗した形跡がある、と。即ち――書記の制作監督の不比等が執筆者たちに、事実をねじ曲げても蘇我氏を大悪党にせよ、事実をねじ曲げても我ら藤原氏を天皇家を守る正義とせよ、と注文をつける」

日高は、やや声を強めて言葉を続けた。

「しかし、執筆者たちの中には、不比等のやり方に反発する者や親蘇我の者がいて、彼らは、一見すると藤原氏礼讃に見える文章の中に、暗に蘇我氏を擁護する文言を巧妙に忍び込ませた。藤原氏一辺倒のはずの書記の中に、蘇我氏に同情的な記述が散見できるのはこの事情によるのではないか――という指摘だ」

間を置かず、日高が言い足した。

「梅原氏は、学究の立場からその指摘以上の無責任な踏み込みはされていない。が、無責任を許される身の上をいいことに、私は、さらに一歩踏み込んでみたのだ。――紀伝体であるがゆえに半ば公然と、藤原氏正当化の創作がなされたが、その創作部分には、不比等の史実歪曲に反発して歴史の真実を伝えようとする、執筆者の積極的な思惑が必ず反映されている――と、私は、考えるのだ」

日高の話を無言でじっと聞いていた西村が、ようやく口を開いた。

「では、太子の誕生と名前のエピソードにも、何らかの真実が秘められていると言うのですか」

日高が、大きくうなずいた。

「太子が宮中で生まれたとされているのは、太子を天皇家の血を引く者としたい不比等の意向だ。しかし、宮中ではあっても、皇家の家の中ではなく、屋外、それも馬官《うまのつかさ》の前で生まれたとされているのは、聖徳太子が、馬に関わりの深い蘇我氏の血を引く者であることを、必ず後世に伝えようと切望した執筆者の工夫だ」

「不比等は、それを読んで不審を抱かなかったのですか」

　西村の問いに、日高が首を横に振った。

「いや、蘇我と太子の親密な関係は、半世紀後の不比等の時代ではまだ周知の事実であっただろうから、馬と太子の関わりとを暗示する寓話を言下に否定するわけにもいかなかったのだろう。執筆者の真意を問い質す醜態をさらすわけにもいかず、よくできた名前の由来譚だ、と認めるしかなかったのではないかな」

　西村は小さくうなずいたが、納得している顔ではない。額を指でこすりながら問うた。

「厩戸皇子という名前は、同じ蘇我氏であること以外に何か、太子と馬子の個人的なつながりも示しているのでしょうか」

　西村の問いに、日高は、我が意を得たりというふうに、口元を引き締めてうなずいた。

「そのことだよ、最も重要な真実は。聖徳太子と馬子とのつながりに関する真実——」

　強い口調でそう言って、日高は、西村を見る。西村は無言のままである。日高がノートをめくり、先程の、系図の書かれたページを西村に示しながら言った。

「太子から見て馬子は大伯父ということになるが、私は、二人はもっと近い関係にあったと見ている。厩戸と馬子、最重要の人物二人の名前を類似させた執筆者の英断に喝采を送りたいよ」

「もっと近い関係と言いますと、どんな——」

「親子だ」

西村の問いに、日高が即答した。素っ気ない言い方である。日高の言葉の意味を理解するのに時間がかかったか、一瞬の間を置いてから、西村が叫んだ。

「親子お」

言葉尻が上がり、ひっくり返らんばかりである。日高が無表情でうなずく。

「親子、ですか」

自分を落ち着かせるかのように、声を抑えてもう一度西村が言った。日高はまた、無表情でうなずいた。わずかな沈黙の後、日高が言った。

「二人とも名前が馬に関わっているからね」

「えっ。それが根拠なんですか」

「昔から言うではないか」

「へっ。何と」

「ほら」

「ほらと言われましても」

「つまり——」

と、険しい表情をして、日高が言う。

「つまり――」

　と、おうむ返しに言いつつ、西村の顔に緊張の色が浮かぶ。じらすように間を置いてから、なお険しい顔つきで西村を見据え、日高が言った。

「つまり、お馬の親子、だよ」

　目が点になる、という形容に違《たが》わない西村の表情。日高は、うれしそうな顔をした。

「先生、冗談じゃないですよ、ほんとに」

　あきれ果てたという口調で、西村が言った。さらに付け加えて言う。メロディーも加わる。

「もしかして、馬子の親子は仲良しこよし、なんて歌うつもりだったんじゃないでしょうね」

「うまい、西村君。そう来るとは思わなかったな。私の負けだ。参ったね、こりゃあ」

　日高は、左右の膝頭に左右の手を置くと、ぺこりと頭を下げた。しかたなさそうに苦笑いする西村。日高が顔を上げる。その表情は笑いをこらえるかのように緩《ゆる》んでいた。咳ばらいをしてカップを取り、一口すする日高。静かに語り出す。

「厩戸は、馬屋の戸。馬屋に象徴される人物と言えば、日本書紀の中では、馬子以外にない。馬子の家の門前で生まれた、と太子誕生譚を解釈すれば、そこで生まれた赤児は馬子の直系ということだろう。直系となれば、子か孫だろう。二十歳ほどとされる両者の年齢の差を考慮すれば、孫ということはあり得ない。実子と考える以外にない。また――」

　日高は、自分の言葉を確信するかのように一度うなずいてから、話を続ける。

「また、馬子と幼少の太子がからむエピソードで、即位前の推古天皇のところへ馬子が表敬訪問したとき、馬子の前に太子が飛び出して、馬子より先に推古に拝礼した、という話が伝えられる。皇子である者の行為とは言え普通であれば儀礼の場で許されるべきことではあるまい。なぜ、太子を称えるほほえましい話ですまされているのか。それは、当時飛ぶ鳥を落とす勢いにあった蘇我の最高実力者馬子が同伴した幼な子の無邪気なしぐさであったからだよ。馬子が同伴したとなれば、その子は、馬子の実子と見るのが自然だろう」

西村は、小さくうなずいた。日高は、コーヒーを一口すすってから、話を続けた。

「真相がどうであったかは別にしてもだ、太子誕生命名の話といい、推古会見の話といい、幼い太子の身辺には常に馬子の影がある。一見すると、天皇家の皇子と蘇我氏の実力者の、後々の協力関係を必然と思わせる効果をねらってのことのようだが、同時に、その書かれ方は、太子馬子間の距離はもともと親族として近いものではなかったんですよ、と言わんばかりなのだよ」

日高の言葉に少し首をかしげ、西村が問う。

「両者のもともとの距離を遠くしたいというのは、不比等側の意向なんですか」

「そうだ。両者の親子関係は、不比等にとって何よりも抹殺すべき事柄であった。一方、真実を伝えたい執筆者。——表面上は不比等の意向に従って両者を親子とは設定せずにおきながら、執筆者は、太子の幼少期のあらゆる場面に馬子やその象徴事物を登場させているのだよ。何をかいわんや、だね」

そう言うと、日高は、カップを手に取って中のコーヒーを一気に飲み干した。空のカップを持ったまま立ち上がろうとすると、西村がそれを制するように日高の手からカップを取り上げ、流しの方に立った。間もなく、湯気の立つコーヒーカップを持ってもどって来た。日高の前にカップを置く。

「おっ、すまんね」

そう言いながらも、すぐには手をつけない日高。西村は、自分のカップを手に取り、一口飲んだ。そして、日高がカップを手にしないのを見て、おもむろに話しかけた。

「馬子には息子がいましたよね、あの難しい漢字の名前の」

日高は鉛筆を取ると、テーブルの上に開いたノートの余白にさらさらと書き付け、くるりと回して西村に見せた。

馬子――蝦夷――入鹿

「これ、何て読むんでしたっけ」

書き付けを見て西村が問うと、日高が即座に答えた。

「えみし」

「あ、えみし。そうだそうだ、思い出しました。――では、この蝦夷という人物と聖徳太子は、兄弟ということになるのですか」

少し首をひねって考えるしぐさをしてから、慎重な口調で日高が言った。

「うむ。兄弟というよりは、同一人物とした方がいいのかも知れないな」

「ええっ、同一人物」

驚く西村。やはり慎重に日高が言う。

「同一人物。しかし、同一人物とするよりは、半一人物と言った方が正確かも知れん」

「はんいつじんぶつ、ですか」

「うむ。半分だけ同一人物という意味なんだけどね」

言葉を失った感の西村である。日高の発言の意味を理解しかねるのか、首を横に傾けたまま動かない。それを無視するように、日高が西村に問いかける。

「西村君。父稲目のつくった基盤を、馬子は最大限に活用し、仏教立国家を成立させるわけだが、政治機構の整備、外交問題の処理、反体制派の牽制など、施政上の課題以上に重要視したことは何だと思う」

「え。何が、ですか」

質問の内容も聞き取れていない様子の西村である。日高が苦笑して、また尋ねた。

「自らが建立した日本国家、永久に蘇我一族で支配したいと馬子は考えたはずだろ。そのために、馬子は、第一に何をしたか」

口をへの字に結んで、西村は、すぐには答えない。答えられないという面持ち。ふと顔を上げて、口を開く。

「もしかして、後継者づくりですか」

「その通り。馬子ほどの天才政治家が国家存続、支配権維持のことを考えないわけがない。優れた後継者の育成は不可欠だ。当然、後継者とすべき者に、英才教育を施したはずだ。先に言ったように、蘇我氏には大陸系の先端技術や文化、言語に熟達したハイテク集団が従っていた。馬子の後継とされた者は、その環境の中で、当時の日本にあって最高水準の教育を受けたはずなのだ」

黙って日高の話に耳を傾ける西村。その西村に、日高が問う。

「当時の日本において、最先端中の最先端といえば、何だい。西村君」

眉をわずかに寄せ、西村が答えた。

「えっと、仏教、ですか」

「うむ、お見事。——仏教後進国だった日本を仏教立国としてまとめ上げた馬子は、統治者は仏教のエキスパートでなければならないとした。ハイテク集団の中の仏教精通者のほか、仏教先進国の大陸諸国から高僧を招いたりして、こと仏教については最善の教育環境を整えたはずだ」

「幼い頃からそのような環境で育ったなら、ものすごい仏教指導者になったでしょうね」

そう言う西村の顔を見て、日高が笑った。日高の笑いに、不思議そうな顔をした西村であったが、気付くことがあったらしく、驚いたように言った。

「ああっ、まさか、聖徳太子」

日高がうなずいて言う。

「仏教を求心力とする国家を建てる。建国者は馬子である。馬子に実子がいる。実子は当然、統治の後継者である。仏教立国の後継者には高度な仏教指導力が要される。実子は仏教を最善の環境で修学する。結果として最高の仏教指導者となる。そして、最高の仏教指導者と言えば、太子以外にいない」

西村がうなずく。無言である。日高は、カップを手に取り、コーヒーを一口、二口すすった。カップを置いて話を続ける。

「一方、日本書紀等で馬子の実子とされている蝦夷であるが、蝦夷が馬子の後継者として仏教を修学した形跡はと言うと、これが全く見当たらない。全く、だぞ」

西村が少し驚いた顔をし、何か言いたげに見えたが、日高は、かまわず話を続けた。

「それどころか、蝦夷が実質的に登場するのは、太子と馬子が死没する前後、六二〇年代になってからで、その以前の蝦夷には目立った事跡がほとんどない。書紀のとおりに蝦夷が馬子の後継者であったならば、太子の摂政とはいかなくても、それに類した地位に就けて活躍させてもいいではないか。事実上の最高権力者だった馬子にとっては何の造作もないことだ。少なくとも、書紀に描かれているような、それまでなかった摂政という役職を新設して若年の太子に天皇を補佐させるという不自然な執政体制をつくるよりは、ずっとたやすいことだ。だのに、若き日の蝦夷が父馬子に重用されたという記述は皆無に等しい」

一気に話した後、日高は、ふうっ、と一つ息を吐いた。カップを取り、コーヒーをすする。日高がカップを置くのを見て、西村が口を開いた。一つ一つを確かめるように話す。

「馬子が大事に育てた実子は、太子だったわけですよね。ところが、二人を親子としたくない意向があった。だから、日本書紀の中では、親子ではなく、遠い親戚という設定にした。太子は天皇家の出であると強調し、馬子には別に子供がいるように見せかけた。その見せかけの子が蝦夷である——ということでよろしいのでしょうか」

日高が大きくうなずいた。

「うむ。そして、日本書紀では、馬子と太子の関係をつかず離れずのものに描くことに苦心し意識を奪われたために、見せかけの実子蝦夷の幼少期や青年期、前半生をでっち上げることを忘れてしまったのだ。もちろん、執筆者がわざと気付かないふりをした可能性は大きいがね」

一度うなずいてから、西村は、首をかしげ気味にして、おずおずと問いを発した。

「蝦夷が日本書紀に実質的に登場するのは、太子の死の前後からだということでしたが、太子と同一人物である蝦夷が、太子の死没後に活動しているというのは矛盾していると思うのですが」

「死没年の操作など、真っ先に偽装することだよ。また、当然のことながら、馬子の実子は太子一人ではなかっただろう。期待をかけた第一子の死後、不本意ながら第二子を後継者としたのだろう——これが、ないまぜの虚実を検討して作った、馬子一族の真の系図だよ」

そう言って、日高は、テーブルの上のノートをめくって示した。

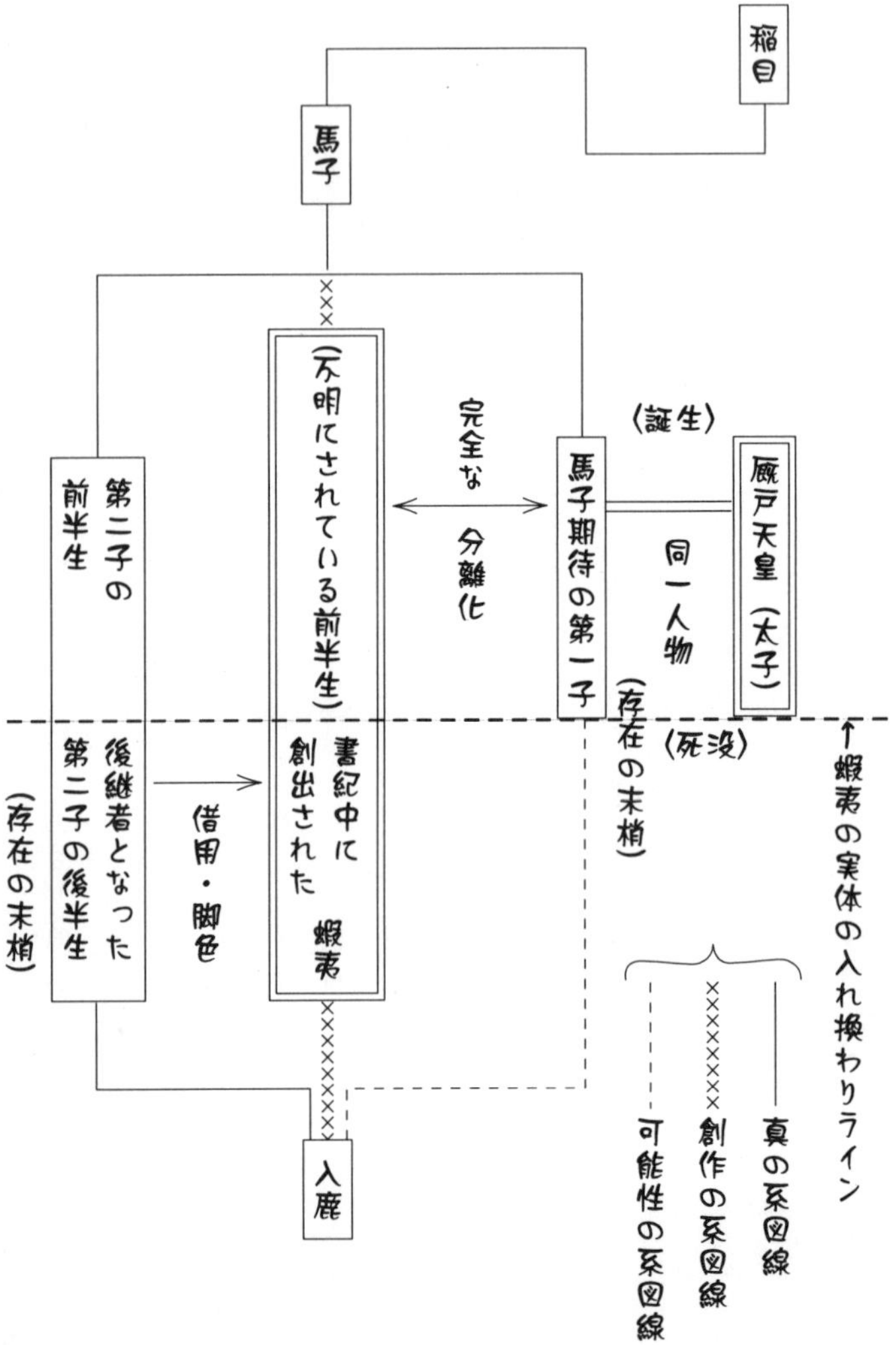
稲目
馬子
（不明にされている前半生）
完全な分離化
馬子期待の第一子
〈誕生〉
厩戸天皇（太子）
同一人物
（存在の末梢）
〈死没〉
↑蝦夷の実体の入れ換わりライン
第二子の前半生
後継者となった第二子の後半生
（存在の末梢）
借用・脚色
書紀中に創出された蝦夷
入鹿
真の系図線
創作の系図線
可能性の系図線

西村は、しばらくノートの系図を眺めていた。小刻みにうなうずいて、口を開いた。

「蝦夷と太子が半一人物だと言ったのは、このことだったのですね。それにしても、日本書紀では、なぜ、蝦夷という人物をでっち上げてまで、太子を馬子から切り離そうとしたのでしょうか」

即座に、日高が答える。

「一つは、仏教指導者としての太子に利用価値を見出していたからであろう。しかし、それよりも重要なことがある」

「と言いますと」

「太子が天皇になっていたからだ」

事もなげに、日高が言った。驚く西村。その西村に、日高は、部屋の一点を指さした。壁の時計は、西村がいつもバイトに行く時間を過ぎていた。飛び上がらんばかりの勢いで立ち上がり、うわずった声で「失礼します」と言いながら、振り返りもせず、玄関から駆け出して行った。日高は、カップのコーヒーを一口で飲み干した。

4

名は体《たい》

日高圭介は、三人掛けのソファーに仰向けになりノートを見ている。その姿勢のまま、ときどき、テーブルの上に転がした鉛筆を右手に取って、左手だけで支えたノートに何やら器用に書き付けたりしていた。

ピンポーン。軽快にドアホーンが鳴る。

「開いてるよ」

日高が叫ぶと、ガチャリとドアが開き、西村栄二が姿を見せた。

「こんにちは。お邪魔します」

日高の返事も待たず、室内スリッパに履きかえ、パタパタとソファーにまでやって来た。日高もようやく体を起こすと、西村を見上げて言った。

「こんにちは。今日はやけに早いじゃないか」

壁の時計は午後二時三〇分、確かにいつも西村が顔を出す時刻より半時間は早い。

「遅刻してバイト先で怒られることが多くなりまして。早目の行動を心がけてみました」

そう言いながら、西村は、日高の正面のシングルソファーに腰かけた。言葉を続ける。

「それに、聖徳太子が天皇だったという話を早く聞きたかったものですから」

「そうか。それなら、話は早いぞ。――西村君、このノートの名前は」

「日高ノートです、日本史、世界史の通説を覆す秘密がいっぱいの」

芝居がかった口調で、西村が即座に答えた。

「合格。君にはこのノートを見る資格が十分にある」

わざとらしくもったいぶった言い方をして、日高が手にしていたノートをテーブルの上に広げた。手で隠し、一部だけを見せる。

① 稲目――馬子――蝦夷――入鹿

「蘇我氏四代ですね。昨日の、太子蝦夷半一人物説を聞いているせいか、蝦夷の名前だけが浮いて見えますね」

「そうかい。じゃあ、これはどうかな」

日高が、ノートを押さえている手をずらす。

② 猪目――馬子――蝦夷――入鹿

「稲目が猪目、ですか。三人に動物名が入りましたね。完全に蝦夷だけが浮いてしまいます。――蝦夷って、どういう意味があるんでしょう」

神妙な顔をして、西村が問うた。

「辺境の野蛮人とか、よそ者とか。――では、これは、どう見る」

そう言って、日高は、また手をずらした。

③ 猪目――馬子――犬耳――入鹿

「えっと。あれっ、蝦夷から犬耳に――」

驚く西村。即座に、日高が言った。

「稲《いね》の目よりは猪《いのしし》の目とした方が違和感がない。猪目があれば、犬耳という名前があってもいいじゃないか」

「はあ」と言いつつも、首をかしげる西村。日高が手をずらす。

④ 猪子――馬子――犬子――鹿子

「これは、どうかな」

日高が問う。西村がすぐに答える。

「すっきりしてますね。動物に、子の字をつけた名前になってますが。――これは、何でしょうか」

「うむ。これは、日本書紀の制作監督者の藤原不比等が、蘇我氏の歴代の頭領を卑しめて呼ぶために考えた名前なのだ。妹子や鎌子といった名前もあったから、これらの名前があったとしても不思議ではあるまい」

　すました顔で日高が言った。

「不思議ではあるまいと言われましても。——馬子は、そのままですね。鹿子も、入鹿に鹿の字が入っています。猪子も、音の類似ということで、よしとしましょう。しかし、この犬子ってのは、どこから出てきたんですか」

　問い詰めるような口調で、西村が言った。日高が苦笑いして答える。

「不比等は、まず、蘇我氏の大実力者憎しで、蘇我のイメージのままに、馬子と名付けた。これはいい、他の連中も動物の名で呼んでやろう、と思いつく。初代の男は、血の気の多い突進タイプだから、猪子にしよう。四代目は、臆病な奴だったから、鹿子がぴったりだ。三代目は利発な奴だったから、犬子だ。馬子といつも一緒だったことからもぴったりだ。馬の飼育場に犬は付き物だし、犬馬の労という言い回しもあるくらいだ」

　日高の言葉にあきれた表情で、西村が言う。

「不比等が、そう言ったのですか」

「いや、言ったかどうかはわからんが。まあぜひ、そう言っていて欲しいという、私の強い願望だよ、願望。しかし——」

　日高が神妙な顔をして、言葉を続けた。

「しかし、決してふざけているつもりはないのだよ、西村君。日本書紀に記された蘇我四代の名前に、何らかの意図、メッセージがあるような気がしてならないのだ。――残りのも見てくれ」

日高は、ノートを押さえていた手をどけた。

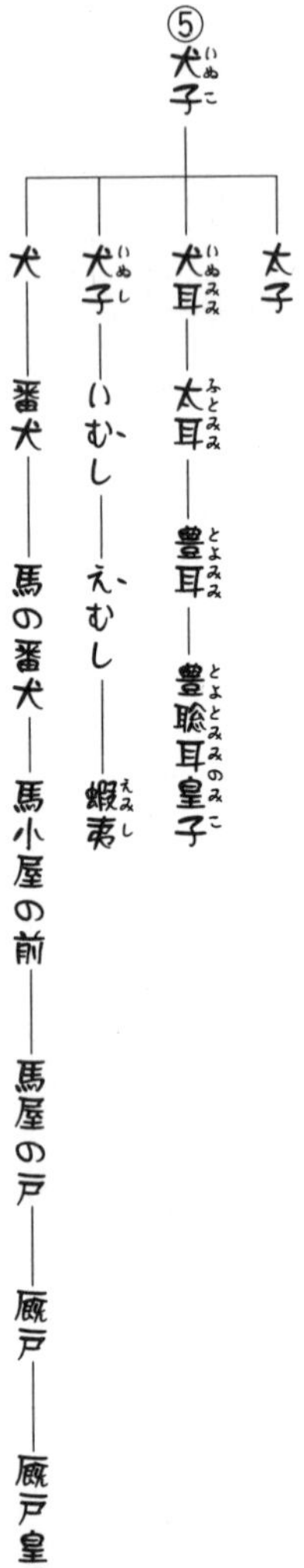

上から下へ繰り返して眺めていた西村の横に、驚きの表情が浮かんできた。
「すごいですね、これは。犬子の点の位置を変えただけで太子になるなんて、コロンブスの卵ですよ」
「わかってくれるか。おもしろいだろ。――日本書紀中の重要人物に限って言えば、太子という呼称が使われているのは、聖徳太子ただ一人と断言してもよい。皇位を継承する資格を有する者、という意味で、皇子と同義ではあるが、なぜ、彼だけがあえて太子と呼ばれているのか」

日高の問いかけに、西村は、首をかしげるだけである。日高が続けて話す。

「漢訳の仏典では、釈尊を悉達《しった》太子と呼んでいる。それは、釈尊がまだ出家もしていないころ、釈迦族の王子であったときの呼び方だ。つまり、太子という称号は、王子、皇子という意味の、中国式の呼称なのだ。——ひねくれた見方かも知れんが、中国式の太子を用いて、悉達太子のイメージをかぶせるふうを装いながら、蘇我三代目に付けた犬子という賤称を潜りこませているのではないかと考えてみたのだ。いずれにしても、この太子という呼称は、大きなキーワードだよ」

怪訝な顔をする西村。日高の話が続く。

「次は、犬耳。私は、初代の稲目の名前に身体差別語のニュアンスを感じていて、私が蘇我の三代目と見ている聖徳太子も、その耳のことで身体差別をされていたのではないかと考えた。犬耳《いぬみみ》とか、太耳《ふとみみ》、即ちデカ耳とか、陰で呼ばれていたのではないか。それが、太子の別名である、豊聰耳皇子《とよとみみのみこ》の名に残ったのだ」

日高が断言すると、西村があわてて口を挟んだ。

「先生、太子に耳の字が入った名前があるのは、太子が一度に何人もの人の話を正確に聞き分けたほど聡明だったからではないんですか」

日高がかすかにうなずくようにして答える。

「うむ。あるいは、太子が当時の日本の各地の方言や外国語など、複数の言語に通じていたからだ、とかね。確かに、太子は、聡明な人だったろうし、朝鮮語や中国語を自在に操ることができたと思う。大陸系のハイテク集団という恵まれた環境に、馬子の英才教育があったから。——しかし、変だとは思わないか」

何がですか、と言葉にはしないが、そう言いたげな顔つきで、西村が日高をじっと見る。日高が話を続ける。

「大勢の人の話すことを一度に聞き分けたからといって、耳の字を安易に正式な名前に使うだろうか。もともと耳の字の名前で賤称された人物がいて、賤称されたことをごまかすために、多数の人の話を聞き分けたなどという、できすぎのエピソードが後付けされたんじゃないのか。——実在の太子は、ある時期、絶対に耳の字の入った賤称で呼ばれていたに違いない」

強い口調で、日高が断言した。西村の方は、決して納得している顔ではない。眉間に皺《しわ》を寄せて、西村が問い詰めるように言った。

「先生が、耳の字が入っている名前を、それほど強く、賤称、と決めつけるのは、どういう理由からですか」

西村の問いに、日高が険しい表情で答えた。

「耳の字に限らない。稲目、馬子、入鹿、蘇我歴代の名前は、いずれも具体物の名詞を用いている」

「具体物の名前が賤しいというのですか」

間を置かない西村の問いに、日高も即座に答える。

「当時の人々すべての感覚ではなかっただろうが、少なくとも、日本書紀の制作者は、具体物の字が入った名前を賤しいとする感覚の持ち主だった」

「不比等のことですか」

うなずく日高。

「うむ。不比等自身の名前がそうであるように、彼は、抽象化した名前を高貴とする感覚の持ち主なのだ。——日本書紀の中の重要人物の中で、具体物、特に自然物の名称を名前の一部に持つ者は、不比等に憎悪され、嫌悪されていた可能性がある」

ようやく西村が小さくうなずいた。それから、ノートに目を落とし、静かに問うた。

「犬子《いぬこ》をいぬしと読ませて、蝦夷まで辿り着かせてますけど、これは——」

後を言わせず、日高が言葉をかぶせた。

「ごめん。これは、いろいろ考えているときに、ふと思いついたダジャレを捨て難くてね。犬子《いむし》から蝦夷を引き出すのは無理がある。——蝦夷は、音の類似よりもその言葉の持つ意味ゆえに、三代目に当初付けられた犬子と入れ替えられたのではないかと考えている」

日高の言葉を聞きながらノートを眺めていた西村が、ふと顔を上げて言った。

「先生、その蝦夷が①や②で浮いて見えるのは、他の名前よりも抽象的だからなんですね。さっきの不比等の好みとか何か関係があるのでしょうか」

①　稲目――馬子――蝦夷――入鹿

②　猪目――馬子――蝦夷――入鹿

「よく気がついたね。他の三つに比べると、蝦夷は確かに抽象度の高い言葉だ。君の言うとおり、蝦夷という名前には、藤原不比等の蘇我三代目に対する、畏敬と嫌悪の入り混じった極めて複雑な感情が込められている。三代目は、同時代の人々や、少し後の時代の不比等たちにとって、敵味方関係なく特別な存在だったのであろう」

日高の言葉に納得してか、理解できないのか、首をかしげ気味にうなずく西村であった。ノートをちらっと見て、言葉を発した。

「先生、⑤にもどるんですけど、太子から番犬に行き、番犬からさらに行って、厩戸皇子に辿りついているのですが――」

また、西村の言葉に日高がかぶせるように話し出した。

「それは、最初に言ったのと同じ、馬と犬の親密さからの着想だ。連想を無理矢理に広げてみたが、わからんこともないだろ」

しかたなさそうにうなずく西村である。視線をテーブルの上に広げられたノートに落とす。そのノートを日高が自分の方に向けると、さらさらと鉛筆を走らせ、何やら書き付けた。書き終えると、またノートをくるりと回して西村の方に向けた。

⑥　犬子——太子——天子

「さっき、犬子から太子への変化をコロンブスの卵って言いましたけど、天子への変化もおもしろそうな発見ですねえ」

西村が真顔で言った。日高は、苦笑いである。苦笑いのまま、言葉を発した。

「西村君、わかってくれるかね。太子という言葉について詮索したこと以上に、天子への変化は重大な事実を物語っているのだ。即ち——聖徳太子は、天皇になっていた」

あっ、という顔をする西村。

「そうですよ、天皇になっていたという話を聞きたくて、今日は早目に来たんでした。太子は、本当に天皇になっていたのですか」

少し興奮した口調で西村が問うた。日高ははぐらかすかのようにやや間を置いてから、静かに口を開いた。

「まず、天皇という称号が、太子の時代にはまだ成立していなかったことを確認しておく必要があるだろう。当時、あるいはそれ以前の時代を含めて、大王《おおきみ》という呼称が、今言う天皇を意味する言葉であったとされている。だから、用語の上では、太子が天皇になっていたというのは正確ではない」

日高は、ノートの余白に、「大王《おおきみ》」と書いて西村に示した。

「大王。——太子は大王になっていた、と言えばいいのでしょうか」

西村の問いに、日高は、苦笑いで応じてから、テーブルの端に寄せてあったコーヒーカップを手に取った。空になっている。

「西村君、コーヒーでも入れようか」

「あ、はい」

西村は、日高の手からカップを受け取るとソファーを立って流しの方へ行った。水道から流れる水の音や、カチャカチャと食器の当たる音などが聞こえていたが、間もなく、湯気の立っているコーヒーカップを両手に持った西村が、ソファーの方へもどって来た。テーブルの上に、二つのカップが置かれる。

「おっ、ありがとう」

そう言って、日高は、カップを取って少しだけ口をつけた。西村もカップを持ち、フーフーと吹いている。カップを置くと、日高は、おもむろに語り出した。

「大王という言葉を横に置いて、あえて天皇という言い方で話を進めるが、太子が天皇であったという説は、何も私のオリジナルというわけではない。推古天皇不在説、馬子太子同一人物説、馬子天皇説、そのライン上で太子天皇説もすでに提唱されているらしい。らしいと言うのは、恥ずかしながら、その研究著書を入手できなくてまだ読んでいないのだ。ただ、専門の研究者から太子天皇説が出されているというのは、真っ当な方法論による研究を通しても、太子や、あるいは馬子が、天皇的な地位にあった可能性を示す状況が見られるということだ」

そう言って、日高は、コーヒーを一口すすった。西村は、無言である。日高が続ける。

「既存の説のことはさておいて、だ。——日本書紀の文中で太子が太子と呼ばれていることについて、王子や皇子《みこ》を意味する中国式の呼称の借用だと言ったが、同じく中国式では父である王のことを、天子とか天帝と称する。太子は、天子となるべき者に与えられた称号なのだ。太子と天子は、単に点画をいじっただけのつながりではないことを知ってもらいたい」

西村がうなずく。そのまま、うなずきを繰り返しながら口を開いた。

「ははあ。つまり、王子とか皇子の意味で使うのであれば、厩戸皇子と呼ばれた時期もあったわけだから、皇子のままでもかまわないものを、改めて太子と呼称したのは、聖徳太子その人が天子的地位に就いたことを暗示させるためだ——ということでしょうか」

日高が満足そうな顔で大きくうなずく。

「なかなか察しがいいぞ、西村君。——書紀では、太子と書いて、ひつぎのみこ、と訓読させている。太の字に、ひつぎという読みを当てているのだ。日継ぎであり、天継ぎを意味させているわけだ。太子は、明らかに天子という言葉を意識して用いられている」

言いながら、日高は、ノートの余白に、日継ぎと天継ぎの文字を書き付けて西村に示した。西村がうなずく。日高が続けて言った。

「書紀の執筆者は、その人が天子となっていた事実を抹殺しようとする制作者の検閲を逃れるために、その人に天子ではなく太子の称号を付けた。あえて太子を用いることにより、その人が天子であった事実を後世に伝えようとしたのだ」

日高の言葉に、西村は、大きくうなずいた。日高がコーヒーを一口すする。西村は、無言でテーブルの上のノートを眺めていたが、余白の書き付けに目を止め、言葉を発した。

「先生。ここに書いてある大王《おおきみ》という言葉。太子に、この称号は使われなかったのですか」

日高が、ノートの文字をちらっと見る。首を傾け、何か考えるようなしぐさをしてから話し始めた。

「私は、蘇我氏の台頭以前には、今我々がイメージする天皇家というものは存在しなかったと思っている。存在したのは、氏族同士の争いに勝利を収めた有力氏族の長であり、その者が大王と呼ばれていた。このことは、専門の研究者の指摘するところでもある。――大陸との交易で得た品々を献上してその大王に取り入り、庇護を受け、やがて主の大王を脅かすほどの財力、技術力を持った一族が歴史の表舞台に登場することになる」

「それが、蘇我氏、ですか」

「うむ。蘇我氏の勢いは、やがて大王の反感を買うほどになり、対立が生まれることになる。稲目の代のこの対立は、物部氏との対立として伝わっている。物部氏の長が大王だったのであろう。ともかく、この争いで、蘇我氏は、自らの領地を勝ち取り、勢力基盤を安定させ、かつての主人物部氏と肩を並べる存在となった。この稲目の代では、有利に和解したこともあって、表面上は大王としての物部氏を立てていたはずだ。しかし――」

そう言い、日高は、カップを取ってコーヒーを一口すすった。西村は、無言である。日高の話の続きを待っている様子。日高がカップを置き、話を続ける。

「しかし、馬子の代になると事情は一変する。馬子は、当時の日本にあって、大陸からの情報を群を抜いて入手し得た人物。大陸諸国を強く意識していた彼は、それらの国々に脅かされない中央集権型の統一国家を建てることを目指す。危機感と野心が、馬子を突き動かしたのだろう。——有力氏族による国土の分割統治、その象徴とも言える大王の存在。馬子の野望の実現を阻む最大の壁だ。その壁を粉砕すべく、馬子が仕掛けた戦争が、物部守屋との決戦だ」

「あっ、十六歳の聖徳太子が木片で仏像を造って祈り、馬子軍のピンチを救って勝利に導いたという——」

西村の言葉に、日高がうなずいた。

「うむ。私の想像では、この戦争での太子の役割というのは、仏教教義による徹底した、氏神信仰、先祖崇拝といった土俗宗教の破壊だよ。——あちらの神を拝むほど死後の苦しみも大きくなる、この仏様を信じればこの戦争で死んだとしても極楽が待っている。そのような内容のことを、仏教の教義を用いて理路整然かつ煽情的に説いたのだろう。死後の苦しみを煽られては、古代人であればなおさらのこと、恐怖感を強め、先祖神を捨てて仏法に帰依したであろう。拡大する仏教の包囲網の中、守屋は、全面降伏し、大王を退く。有力氏族たちは、分割統治していた領地を次々と馬子に差し出す。馬子は、それらを一つにまとめ上げ、その代わり、かつての有力氏族たちには、それなりの身分と地位を保証する」

あっ、という顔をする西村。せき込むように、早口で言った。

「先生、それって、馬子による領地統一って、和を以って貴しと為す、によって伝えられているのではないでしょうか。そして、領地の代わりに地位を与えた、というのは、冠位十二階の制定によって伝えられているのではないでしょうか」

「そのとおりだよ、西村君」

満足そうにほほ笑んで、日高が言った。さらに言葉を続ける。

「そして、馬子は、日本史初の中央集権国家の整備に着手する。朝鮮半島の国々や中国から、有効と思った政策や機構をどしどし取り入れた。そして、統治者のあり方やその称号については、朝鮮諸国の制度よりも、中国の制度をよしとした。即ち、統治権は力で奪い合うものではなく、統治権は資格者に天から与えられるものである、と。統治者は、生まれたままに統治者である、と。――絶対的存在としての天皇という概念は、このときの馬子によって考え出されたと言っても過言ではない」

日高は、コーヒーを一口すってから、話を続けた。

「絶対的統治者という概念や位置付けとともに、その呼称も、馬子は、中国式を採用する。即ち、天子。だから、西村君。遣隋使小野妹子が持参した国書の書き出しは――」

後を言わず、日高は、じっと西村を見る。首をかしげかけてから、ふと思い出したという表情をして、西村が言った。

「日出づる処の天子、日没する処の天子に――あっ、自分のことを天子と名乗っていますね」

「うむ。そして、そのニュアンスから、天子を名乗っている者は、男帝であると思われる。内政上はともかく、外政上からは、絶対に女帝は立てないはず。女帝推古天皇はその実在も疑われるが、少なくともこの国書中の天子ではあり得ない。したがって、この天子は、馬子か太子だろう。——馬子が、天子は生まれたときからすでに統治者である、という概念に忠実であろうとすれば、力で政敵をねじ伏せてきた自分が天子の座に就くことはない。生まれたままの統治者たるべく、手塩にかけて育て上げた息子をこそ、天子の座に就けるだろう。ゆえに、妹子が携えて行った国書中の天子は、聖徳太子に違いないのだ」

そう言うと、日高は、カップを手に取ってコーヒーを一口すすった。西村が神妙な顔で言う。

「太子が天皇であったというのも驚きなのですが、日本の天皇の概念や制度、呼称のルーツが中国だったというのも、何か衝撃的ですね」

西村の言葉に、日高は、もう一口コーヒーをすすって、カップをテーブルの上に置いてから応じた。

「日本書紀では、悪党としての蘇我氏の横暴的な振る舞いとして、中国の天子の特権である、八佾《やつら》の舞《まい》、という壮大な儀式をしたことを書いている。表面上、蘇我の悪行を伝えているようで、実は、馬子が明らかに中国式の制度を導入していることを物語っているのだよ。——同時に、それは、国内に向けては蘇我の権威の誇示であり、対外的には日本の国力の誇示であり、即ち、馬子が確かに日本初の中央集権国家を成立させたことを物語る。蘇我一党は、八佾の舞を挙行する実力と資格を備えた、正真正銘の天子家だったのだ」

無言で深くうなずく西村。日高が、続けて話す。

「ついでに言うと、蘇我氏の横暴として、蝦夷が天皇の民を勝手に使役して、自分と息子の入鹿の墓を造らせたという記述も、日本書紀の中に見られる。墓を造らせたかどうかは私の判断の及ぶところではないが、天皇の民を勝手に使ったということが事実ならば、それは、蘇我氏が天皇の民を勝手に使える立場にあったことを裏付けるものではないのか。――こじつけるならば、旧支配者だった大王の領民を、中央集権国家を建てた新支配者の蘇我氏が治めた、という当然の事実を歪曲して書いたのが、日本書紀の記述ではないのか」

日高の口調が高ぶる。コーヒーカップを手にしたが、口をつけず、そのまま話を続ける。

「また、蝦夷が、自分たちの住居を宮門《みかど》――宮に門と書いて、上《うえ》の宮門《みかど》、谷《はざま》の宮門《みかど》と言わせ、子供たちを王子《みこ》と呼ばせたことも、蘇我の横暴として書かれている。しかし、これも、苦心の末に中央集権国家を建てた新支配者が、旧支配者の大王の影を払拭して自分たちの洗練された権威を人々の中に浸透させるためだと理解すれば、横暴でも何でもない、当然のことではないか。――これも悪口を書いたつもりで、蘇我氏の邸宅が宮門と呼ばれ、子供たちが王子《みこ》であった事実を伝えているのだ。太子に、上宮太子という別名があるのも、彼が蘇我家の上の宮門に住んでいた、蘇我直系の人物であり、間違いなく、天子になっていたことを物語っている。そして――」

日高は、手にしていたカップをようやく口に運んだ。一口すすって、話を続ける。

「そして、八佾の舞のことも、天皇の民を勝手に使ったということも、宮門のことも、すべて馬子の代になされたことだ。日本書紀では、蝦夷の行為とされているが、期待の太子に先立たれた馬子が止むを得ずに後継者とした二番手の第二子に、独自にそれらの事業を起こせる才覚は認められない。第二子は、馬子とその第一子である太子が完成させたものを、安定期において要領よく引き継いでいっただけなのだろう。第二子蝦夷に、馬子ほどの政治的才覚や第一子蝦夷即ち、太子ほどのカリスマ性があったなら、彼の代で早くも蘇我一族が全滅させられることはなかったはずだよ」

日高は、手に持ったままであったコーヒーカップをまた口に運び、一口すすった。西村は、うなずくことも忘れたようにじっと無言で話を聞いていたが、日高の話が途切れると首を少しかしげて見せ、おずおずと口を開いた。

「期待の第一子太子が死んだ後、二、三年の内に馬子自身も死ぬんですよね。で、第二子が馬子の事実上の後継者となる――。第二子が引き継いでからの蘇我氏政権は、何年ほど続いているのでしょうか」

即座に、日高が答える。

「通説に従えば、馬子の死没が六二六年、蘇我氏の滅亡が六四五年の、いわゆる大化の改新のときだ。だから、十九年間は政権を保持できたということになるかな」

「十九年ですか。太子や馬子が死んで存在しない状態で十九年間も政権を維持できたとなりますと、第二子も大したものという気もするのですが。要領のよさだけで十九年も持つものでしょうか」

もっともな疑問だ、と言うように小刻みにうなずきを繰り返して、日高が答えた。

「第二子も馬子の血を引く者であるから、全くの無能不才ではなかっただろうとは思う。ただ、馬子や太子の圧倒的な存在感に比較すると、やはり平凡の部類だよ。現状維持が精一杯だった。馬子と太子が創り上げたシステムのおかげで、かろうじて十九年、持たせてもらったと言った方が正確だろう」

「馬子と太子が創り上げたシステムのおかげですか。――そのシステムとは、いったいどのようなものなんでしょうか」

西村の問いにすぐには答えず、日高は、意味ありげにかすかな笑みを浮かべた。それから、静かに言った。

「馬子と太子が創り上げたというよりも、馬子が太子を利用して創り上げたシステムというべきかな」

「馬子が太子を利用――。どのように利用したのでしょうか」

わずかに首をかしげて、西村が問うた。日高は、また即座には答えず、今度はやや神妙な顔つきになる。そして、さっきよりも静かな口調で語り出す。

「西村君。今日は、太子が天皇――当時の呼称で言えば、天子であったことについて話してきたけれど、これから話すことは、別の意味でもっと衝撃的な内容になるかも知れない。荒唐無稽に紙一重の内容なのだ。決して冗談ではない、と前置きせざるを得ないのだよ」

日高の慎重な口ぶりに、西村は、無言のままぎこちなくうなずいた。日高が続ける。

「太子天皇説については、補足したいこともまだ残ってはいるが、今まで話してきた根拠だけでもそれなりの説得力はあったと自負している。しかし、これから話すことについては、その根拠が、根拠と言うにはあまりにもこじつけがすぎているのだ。その自覚のもとに話すのだが、聖徳太子は、生前は天子となり、死後には――」

少し間を置いてから、日高は、思い切ったように言葉を続けた。

「太子は、その死後には、馬子によってミイラ化されていた」

「ミ、ミイラ化」

西村が叫ぶように言った。日高がうなずく。

「馬子は、ミイラにした太子を仏として祀らせるシステムを創り上げ、太子仏を祀る権限を蘇我天子家の永代世襲とした。土着の神々を仏教によって葬り去った上に築き上げた国家――仏教を求心力とした中央集権国家であるから、仏教を執《とり》仕切る権限こそ、最大最高の支配統治権だったわけだ。とにかく、期待の太子に先立たれた馬子は、冷徹にその事実を受け止めて、太子の死体までも蘇我政権、仏教立国家の確立に利用して見せたのだ」

日高が言葉を終えても、西村は、何を言い返すでもなく、驚きの表情を浮かべたまま日高の方を見ている。日高が苦笑いをする。それから少しくだけた口調で言った。

「西村君。君、今日はいつもの時刻より三十分は早くここに来たのだけれど、それは、遅刻魔の汚名を返上するためではなかったのかな」

言われて、はっとした表情で壁の時計を見上げる西村。すぐに、自分の腕時計も見た。リュックを手に取り、立ち上がるや、「失礼します、また明日来ます」と口早に言って、玄関に向かった。玄関に下りて振り返り、小さく会釈してから、後ろ手でドアを開けて倒れかかるように出て行った。

日高は、苦笑いで西村を見送った後、空になったコーヒーカップを持って、流しの方に立った。

5　ミイラ

日高圭介は、机に向かって何やらノートに書き付けている。書き付ける手を止めては、額にかかる髪の毛をかき上げるなどして、思いを巡らせている様子である。

ピンポーン。軽快な、ドアホーンの音。

「開いてるよ」

鉛筆を手にしたまま、日高が叫んだ。

ガチャリとドアが開き、西村栄二が姿を見せた。ワンルームの奥――広い窓を背にして日高の仕事机が置かれ、その前に応接セットのソファーが据えられ、ソファーの向こうが玄関である。つい立てもなく、日高が顔を上げた正面に、玄関口で驚いた顔をしている西村が見える。驚いた表情のまま、西村は、靴をそろえ、室内スリッパを突っ掛けて入って来た。西村が会釈しながら、おずおずと言う。

「こんにちは。あの、お仕事ですか」

「ん。何だい。そんな驚いた顔をして」

日高は、手に鉛筆を持ったまま問い返した。

「いえ、あの、仕事机に向かって書き物をする先生のお姿を、あまり見たことがないものですから」

おずおずと答える西村。

「驚くことはないだろう。私は、ミステリー作家だよ、西村君。書き物をするのが真の姿だよ」

すました顔で、日高が言った。

「では、原稿の注文があったのですか」

西村が問うと、日高が即答した。

「そんなものは、ない。断じて、ない」

「いや、その、断じてなくともよいのですが。じゃあ、いったい何を書いていたんですか」

西村がそう言うと、日高は、机の上のノートを取り上げて見せた。

「これだよ。——西村君、このノートは、通称、何と呼ばれているかな」

しかたなさそうな顔をして、西村が言った。

「日高ノート、です。日本史、世界史の通説を覆す秘密がびっしり書き記されている日高ノート」

「おっ、知っていたか。君にはこのノートを見る資格がある。さあ、見なさい」

わざとらしく重々しい口調で日高が言い、ノートを机の上に開いて西村に示した。立ったまま西村は身を乗り出し、ノートに記されているものを見つめた。

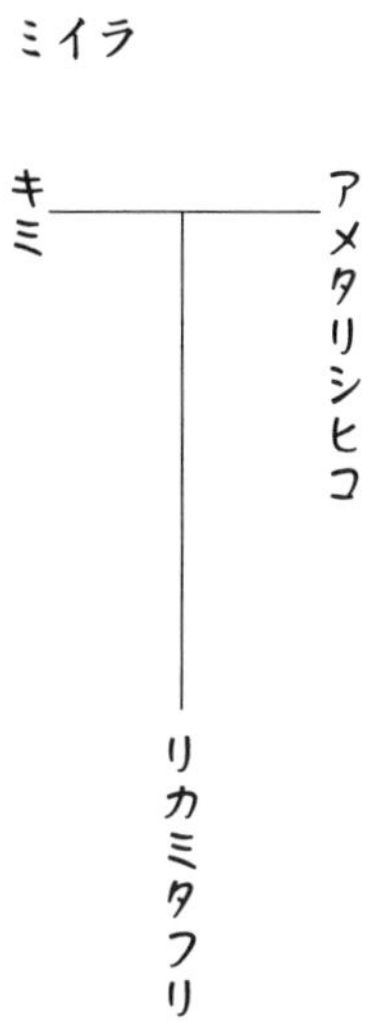

少し首をかしげて考える素振りをしてから視線を日高にもどして、西村が問うた。

「人名のようですね。何ですか、これ」

「うむ。これは、隋の史書に記録されている飛鳥時代の支配者の名前だ。隋の皇帝から、日本国の王の名前を問われた、遣隋使の小野妹子の返答として記録されているらしい。即ち、国王の名前はアメタリシヒコ、妻の名前がキミ、二人の間に生まれた王子の名がリカミタフリ。――妹子は、このように答えた。もちろん、その記録には漢字が当てられている。妹子の発音に合わせて、同表音の漢字を当てたのだろうから、ノートには音の表記だけをカタカナで書き出してあるのだ」

日高がそう言うと、西村は、納得した表情で小刻みにうなずいた。うなずく西村を見て今度は、日高が問いかけた。

「西村君、納得している場合じゃないぞ。変だとは思わないか」

首をかしげる西村。日高が続けて問う。

「妹子が隋に派遣された当時の最高権力者――日本史の定説の言う、時の天皇は、誰だ」

一瞬、ポカンとした表情を浮かべてから、西村が言った。

「えっと、定説では、推古天皇、ですよね」

「そうだよ、西村君。推古天皇だ。変だろ」

日高の言葉に、えっ、という顔をする西村。

「西村君。推古天皇は、女帝なんだぞ、女帝」

日高が少し強い口調でそう言うと、西村は、大きく目を見開いて叫んだ。

「ああっ、そうか。妹子が日本国の王として答えたアメタリシヒコは、キミという名の妻がいるのだから、どう考えても男帝。しかし、定説の日本史では、当時の天皇は推古天皇という女帝。——確かに、変ですね」

西村の言葉に、日高がうなずく。

「変なんだよ。——このことから、推古天皇不在説を唱える研究者もいるようだが、推古不在とはいかなくても、当時の日本国の事実上の支配者が男性であったことを裏付ける、有力な史料であることは間違いない、と私は思う」

「事実上の支配者で男性となりますと、このアメタリシヒコは、蘇我馬子か聖徳太子ということになりますね」

「うむ。隋の煬帝《ようだい》に日本国の王の名を問われたとき、妹子は、どちらを王として答えたか、ということになるな。——妹子は、隋の国力に驚きながらも、見くびられないように、最大限の虚勢を張って見せたはずだ。異国の地にあって心細くなることもあったであろう、その妹子を奮い立たせて、大国隋の支配者を向こうに回して堂々の交渉をさせ得るだけの胆力、絶対の信頼感を与えられる人物。危急の事態に陥っても何とかしてくれると、頼りにできた人物。異国の地の妹子が、心の支えとした人物。——西村君、この人物のイメージにふさわしいのは、太子だろうか、それとも馬子だろうか。どう思う」

そう言って、日高は、西村の顔を見上げた。西村は、眉を寄せ、額にしわをつくる。首を右に左にかしげながら答えた。

「先生の、今までの話を聞いた限りでは、政治的な能力は、馬子の方がはるかに秀でているような気がします。馬子自身がいくら太子を前面に立ててはいても、妹子のような側近中の側近にとっては、実質的な主君となると、やはり馬子だったのではないでしょうか。——日本国の王の名を問われたとき、妹子は、馬子の顔を思い浮かべながら、この、アメタリシヒコという名前を答えたのではないでしょうか」

「うむ。君も、そう思うか。異国の土を踏んで、その大国の脅威をひしひしと肌で感じていた妹子にとって、母国日本の王を、年若い青年であると紹介するのは、はなはだ心細いことだったと思う。見くびられないために、妹子は、日出づる処の天子は勇猛かつ老練な男帝であることを、殊更に誇示したはずだ。そのとき、正に馬子をイメージしていたであろう」

　そう言って、日高は、開いたままのノートを自分の方に向けると、鉛筆を手にして何かを書き付けた。そして、再び、西村に向ける。

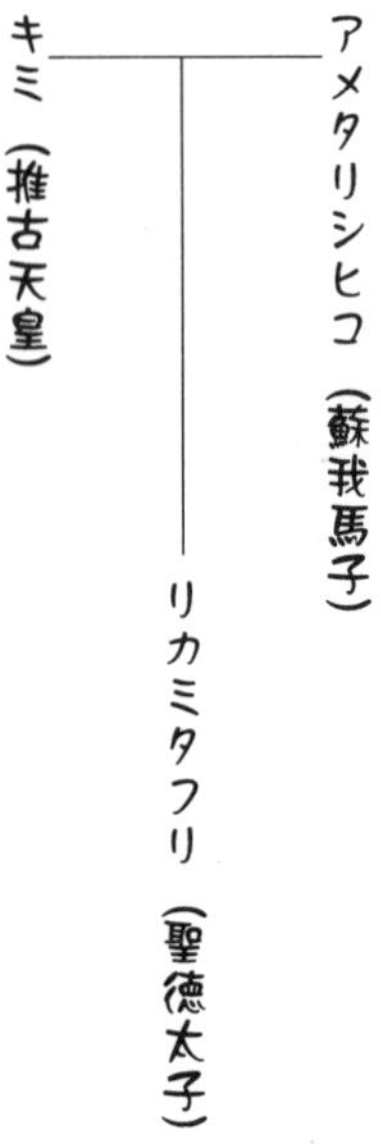

机に手を載せ、前かがみになってノートを見る西村。驚きの表情で言った。

「先生。これ、馬子の妻のキミが、推古天皇となっていますが」

無言で大きくうなずくと、日高は、ノートを手に取ってイスから立ち上がった。

「西村君、立ち話も疲れるだろう。ソファーに掛けなさい。コーヒーでも飲みながら話そうじゃないか」

日高の言葉に、西村は、小さな声で「あ、はい」と言って、日高の仕事机のコーヒーカップを取り、ソファーの脇を通って流しに向かった。日高は、自分の仕事机を半周するように回って、ソファーの方へ来た。三人掛けのロングソファーに腰を下ろす。流しの方からは水の音や食器のぶつかる音が聞こえる。やがて、西村がコーヒーカップを左右の手に一つずつ持って、そろりそろりと運んで来た。

「はい、どうぞ」

そう言って、西村は、日高の前にカップを一つ置いて、ソファーに静かに腰を下ろした。

「おっ、ありがとう」

日高は、カップを手に取り、少しだけ口をつけると、すぐにテーブルの上に置き直した。西村も同じように少しだけ口をつけて、カップをテーブルに置く。それから、西村は、ノートの文字を指さして言った。

「先生。馬子の妻キミの正体が推古天皇になっているのですが、本当なのですか」

西村の問いにすぐには答えず、日高は、テーブルの上のノートに視線を落とした。ゆっくりと顔を上げ、遠くを見るような目をして静かに話し始めた。

「前に、馬子が日本初の中央集権国家を建てる以前、国土を分割統治している各氏族の中で最大勢力の氏族の長が大王《おおきみ》と呼ばれていたという話をしただろう。その時点では、天皇家というものはまだ存在せず、分割統治国家の代表者としての大王が存在するだけであった。代表者ではあっても、絶対的な支配者ではなかったと思う。で、その大王の重要な仕事は当然、治政であり、治政は政《まつりごと》であり、政とは、神を祭ることでもあったわけだ」

西村は、無言でうなずいている。日高が話を続ける。

「時の大王は、物部氏であった。その物部氏に取り入って密かに力を蓄えていったのが蘇我氏であり、やがて、財力と仏教導入で、蘇我氏は、主君であり氏神信仰の祭祀者でもあった物部氏を圧倒し追い落とすに到る。その蘇我氏が物部氏に取り入る手段の一つが姻戚関係を結ぶことだった。蘇我氏は、今の結納金に相当する、数々の献上物を餌に、大王の血を引く女性を一族の中に迎え入れた。日本書紀で推古天皇とされた人物も、そのようにして大王の家から馬子のもとに嫁いできたのではないか」

うなずくことも忘れたかのように、西村は口を閉じたまま日高の顔を見ている。日高の話が続く。

「いや、西村君。馬子の妻が、馬子と対立した物部守屋の妹であることは、日本書紀にも明確に記されていることなのだ。馬子の妻が大王たる物部氏の血を引く者であることは、間違いない。物部氏が蘇我の軍門に下ったとき、大王が廃止され、その代わりに氏神を祭る仕事を任せられたのが、後に推古天皇と称される馬子の妻ではなかったか。――小野妹子は、その妻の名を隋帝にはキミと報告したが、そのキミは、オオキミのキミを表しているように思えるのだ」

「物部氏が蘇我氏の軍門に下ったように、氏神信仰も仏教信仰の中に取り込まれてしまった。仏教信仰の枠の中で、氏神信仰を細々と引き継いでいく。細々とですから、もはや大王ではなく、ただのキミと呼ばれた、ということですね」

　西村の言葉に、日高は、にこりとうなずいた。コーヒーを一口すすってから、日高は、話を再開した。

「ついでに言うと、前に、馬子と太子が親子であるという話をしたとき、即位する前の推古天皇に馬子が挨拶をしようとすると、その前に幼少の太子が割り込んできたというエピソードを紹介した。馬子と幼少の太子の関係の親密さを暗示する話だと言ったけれども、これは、馬子と推古、そして両者の間に幼い太子がいるという位置関係から、三者が夫婦、親子であった事実を伝えようとしているのではないかと思うのだよ。――三者が夫婦、親子である事実を消去したい権力者と、何とかして三者の関係の真実を後世に残したい反骨の執筆者の暗闘の中に生まれたのが、先のエピソードではないかと思うのだ」

　日高の言葉に、西村は、小さくうなずいた。うなずいたなり、ノートを見ていたが、おもむろに問いを発した。

「キミという名の由来は、今のお話のとおりだとして、アメタリシヒコやリカミタフリの名前の由来は、何なのでしょうか」

「アメタリシヒコの方は、簡単だ。ヒコというのは、海幸彦山幸彦の彦と同じ、男性の美称。もともとは、日《ひ》の子と書いて、ずばり天子の意味を持つ言葉だったのだろう」

　そう言って、日高は、ノートとの余白に文字を書き付け、西村に示した。

天垂りし彦　天照らし彦　彦＝日子（＝天子）

「天垂りし彦の方には、天孫降臨の意味が含まれる。天照らし彦としたときは、アマテラスオオミカミの系統であることを意味する。いずれにても、唯一無二、正統、絶対の統治者であることを意味する。ヒコの意味も加えて、つまりは、天子ということだ」

日高の言葉に、西村は、首をかしげた。

「それですと、馬子が天子だったということになりますが、馬子は、自分は黒幕的存在になって、第一子の太子を天子として立てたのではなかったんですか」

「おっ、覚えていたのか。それは、そのとおりだよ、うん。——ここで、リカミタフリの解釈が重要になってくるのだ。意味を表す漢字を当てて書けば、こうなると思う」

日高はまた、ノートの余白に書き付けて西村に示した。

地《じ》神《かみ》誑《たぶ》り　氏《うじ》神《かみ》誑《たぶ》り　御《み》神《かみ》誑《たぶ》り

「このような意味で妹子が発音したのを、隋の書記官がリカミタフリと聴き取り、同音の漢字を当てて記録したのだと思う。この名前の意味を、素朴な土着の信仰を仏教文化の華美さで圧倒し、たぶらかすように宗旨変えさせた者とすれば、天才的な仏教指導者だった聖徳太子にぴったりの名前になるのだ」

　そう言って、日高は、コーヒーをすする。いぶかしげな表情の西村。首をかしげる。

「リカミタフリという、挑発的な名前は、太子よりも馬子の方に似合っているような気がするんですよね、何か」

　西村がおずおずと言った。それを聞いて、日高は、にこりと笑う。

「君もそう思うか。うん、実は、そうなのだよ。――リカミタフリという好戦的な名前は馬子のものだったはずだ。示威行動で、平然と土着信仰を蹂躪《じゅうりん》する傲岸さは馬子のものだ。太子は、地慣らしが済んだところに馬子の後押しで立たされたに過ぎないのだろう。リカミタフリの地慣らしの後に登場させ・・・・・・られたのが、アメタリシヒコということだ」

　そう言って、日高は、ノートに新たに系図を書き込んだ。西村がのぞき込む。

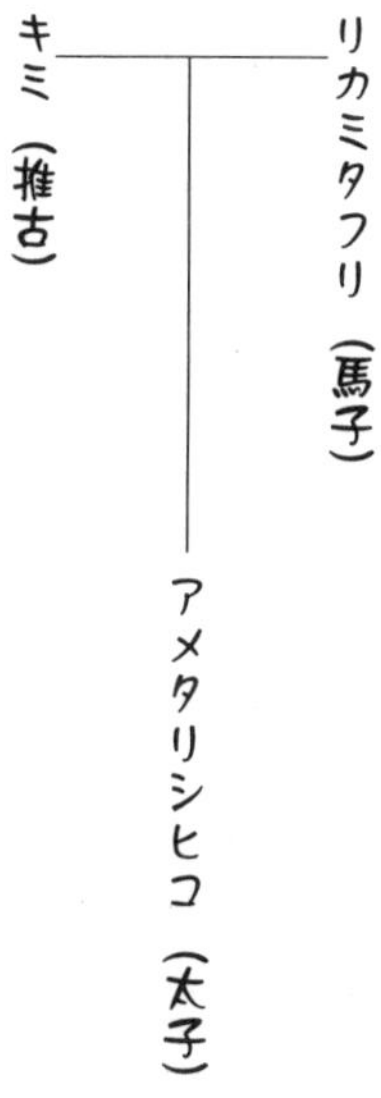

ノートが自分の方に向けられると、西村は、さらに身を乗り出してノートを見つめた。

「馬子でなく太子が天子であったなら、天子にふさわしい名前はアメタリシヒコだから、この系図の方がすっきりしますね」

「うむ。しかし、小野妹子は、この事実のままに答えてしまっては大国隋に侮られかねないと考え、馬子の方を天子アメタリシヒコと言ったのだろう。――妹子が帰国したとき、隋の使節裴世清《はいせいせい》が同行したのだが、日本書紀では、裴世清の訪日のことやその歓迎の儀式のことを明記していながら、日本国の統治者として誰が裴世清と面会したのかを明らかにしていない。面会した人物が推古天皇や摂政の太子であれば、そのように記録するのに何の問題もない。そのように記録してないのは、面会した人物が推古や太子ではなく、馬子その人だったからだよ」

「それが事実だとしても、面会した人物を推古天皇や聖徳太子と偽って記録しても何の問題もないように思えますが」

「この面会は、内輪だけのことではなく、隋という大国相手のことだ。大国ならば必ずこの外交場面も精密に記録して後世に残しているに違いない。日本書紀の制作者は、書紀の記録がその大国の記録と比較され、偽装が破綻することを恐れた。そこで、面会があったという事実だけを記して、あえて誰が面会したのか人物名を明らかにするのを避けた。書かないことで、自己防衛を図ったというわけだ」

そう言って、日高は、カップを取りコーヒーを一口すすった。西村は、無言でうなずく。カップを置くと、日高は、ノートを自分の方に向け、考え考え鉛筆を走らせる。書き終えると、ノートをくるりと回して西村に示した。

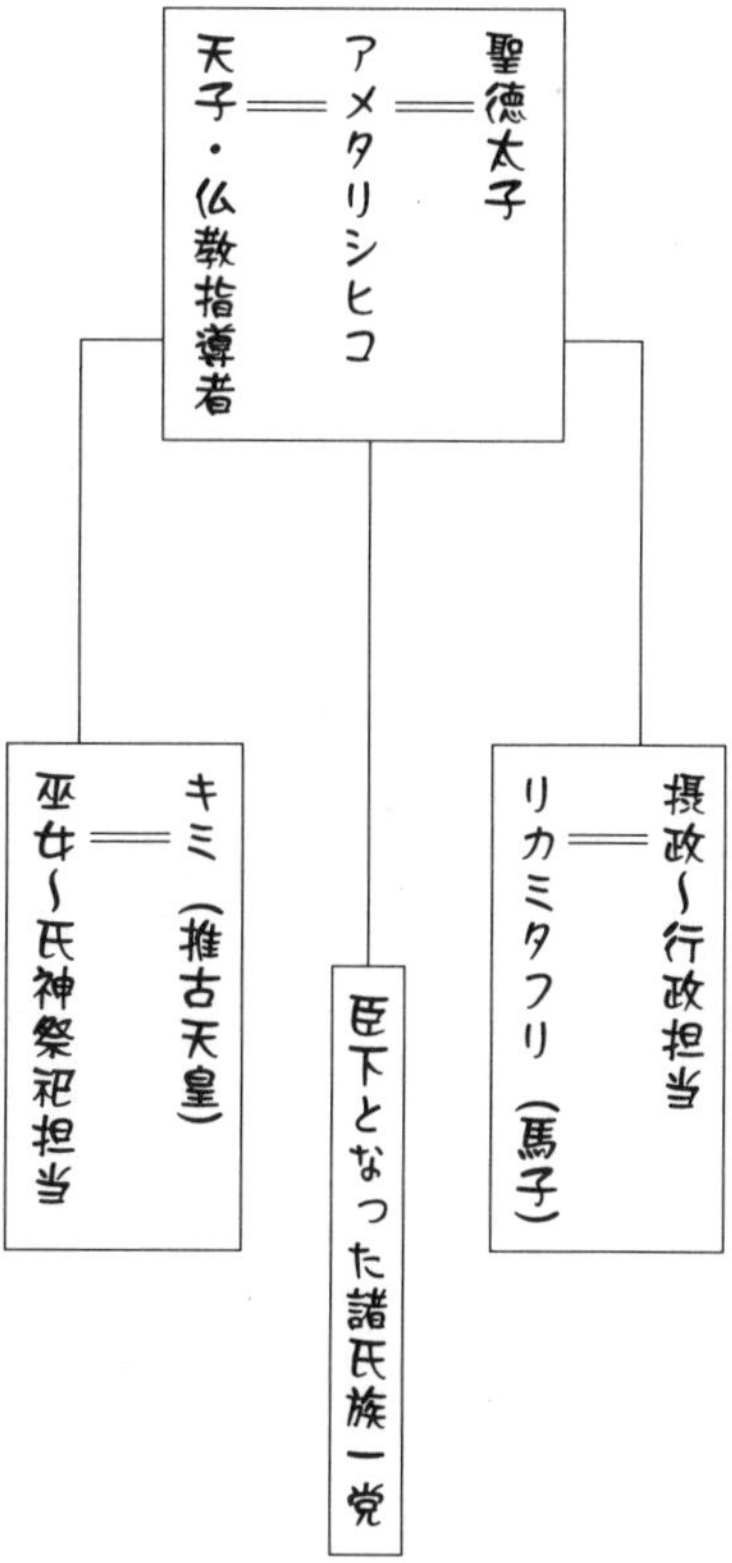

「今までは、氏神の祭祀者であった大王《おおきみ》が分割統治国家の代表であったが、これからは、仏教を指導する天子アメタリシヒコが中央集権国家日本の統治者である。氏神の祭祀は仏教の下に従属させるものとする。——と、これが馬子の構想だったと思う。自分は摂政というフィクサー的な参謀の立場に収まり、大王が行っていた祭祀は物部の血を引く妻キミに一つの儀式として引き継がせ、冠位十二階や憲法十七条の制定により天子アメタリシヒコを頂点とするピラミッド構造の中央集権型の国家を建てたわけだ。大陸国家に見劣りしない国だ」

そう言って、日高は、カップを手に取ってコーヒーを一口すすった。西村も、カップを取って一口飲む。日高は、カップを手にしたまま話を続けた。

「ところが、国家運営が軌道に乗り文化経済が繁栄し国力も充実してきた矢先、ピラミッドの頂天に立つ天子アメタリシヒコ、即ち、聖徳太子が急死する」

「急死、ですか」

西村が問い返す。日高がうなずく。

「急死というよりも変死と言った方が正確かな。専門の研究者からも自殺説や暗殺説が出されるほど、太子の死は、謎に包まれているのだ。しかし、自殺か他殺かあるいは病死かということよりも、私の興味は、太子の死後の扱われ方にある。つまり、国家発展のために天子アメタリシヒコの遺体を、馬子がどう扱ったかだ」

「ああっ、太子ミイラ説」

西村が叫んだ。日高が小さくうなずき、話を続ける。

「太子の死が自殺、暗殺、病死のいずれによるものか興味がないと言ったが、根拠が薄いことながら、私なりに想像していることがある。それは、太子が即身仏になったのではないかということだ」

「即身仏と言いますと」

「僧侶が現世の肉体のままで仏に成るために、自らの意志で地中の穴蔵や、内側からは決して開けられない御堂などにこもり、食を断って自然死するものだ。もちろん、宗教上は、それは死ではなく、あくまでも成仏したということになるのだがね」

「太子も、どこかにこもって食を断ち、自然死を迎えて成仏していたと言うのですか」

少し問い詰めるような口調で、西村が言った。ゆっくりとうなずいてから、日高は、手にしていたカップを口に運び、一口すすった。カップをテーブルに置いて、静かに語り出す。

「太子の死没年は、推古二十九年、西暦六二一年とされている。しかし、私は、太子の死没はこの通説よりもはるか以前のことだと考える。――六〇五年に斑鳩宮《いかるがのみや》に移り住んだ太子に関して、七日七夜の間一人夢殿にこもり食事も完全に断って冥想にふける姿が伝えられる。この延長線上に、即身仏の行を決意する太子がいても不自然ではあるまい。あるいは、何度も同様の冥想修業をしていた太子が、何度目かのとき、外の者たちがいくら待っても夢殿から出て来ないことがあった。あわてた馬子が戸を破って夢殿に入ってみると、すでに太子が息絶えていた、ということも考えられる。また――」

日高の口調が徐々に熱を帯びてくる。西村は、身を乗り出してじっと聞き入っている。

「また、推古二十一年、六一三年、太子四十二歳の伝説に、片岡山の飢人との出会いがある。太子が片岡山という所を通りかかったとき、道端に横たわっている飢えた人を見る。太子はその人に言葉をかけ、自分の衣を着せかける。その飢人の体からは、はなはだかんばしい香りがただよっていた。斑鳩にもどってから使いを出して片岡山へ様子を見に行かせると、飢人はすでに死去していた。太子は大いに嘆き悲しんで、立派な墓を造ってあつく弔った。後日、その墓を開いて中を見ると、そこに遺体はなく衣だけが残され、芳香がただよっていた。その飢人は、真人《ひじり》、聖人である、と日本書紀は伝えている。――

このエピソードは、釈尊が王子のときに城外を歩き、飢えや病いに苦しむ人々を見て思い悩み、出家に到ったという話を、太子の神格化のために借用したものと解釈されている。別の解釈では、十字架で処刑されたイエスの遺体がその墓から消え失せたという、聖書イエス復活の場面を借用しているのではないかという」

日高の話によほど集中しているのか、西村は、うなずくことも忘れたかのように身動き一つしない。その様子に一瞬苦笑いを浮かべてから、日高が話を続ける。

「私は、この片岡山のエピソードは太子の即身仏行を暗示しているのではないかと思うのだ。片岡山の飢人の姿は、正に洞窟にこもって食を断ち、香を焚《た》きながらの瞑想に没頭し痛々しく体を弱らせた太子ではないのか。この年、六一三年こそ太子の死没年ではないのか。――飢人の遺骸が墓の中になかったという。それは、馬子が太子の遺体をそのままミイラに仕上げ、別の場所に安置したことを意味していると思うのだ。それから八年間、太子は死んだにもかかわらず、生きていたことにされたと思うのだ。天子アメタリシヒコは生きて斑鳩宮に住み夢殿にこもって仏教研鑽に励んでいることにされたのだよ。天子が実際は遺骸と化しているがために、馬子は、摂政という役職の権限を強化して、黒幕であるべき自分を表舞台に出さざるを得なくなったのではないだろうか」

そう言って、日高は、コーヒーを一口すすった。西村は、口を挟もうともせず、じっと日高の顔を見ている。日高がカップを置いた。

「六一三年から、太子の通説上の死没年六二一年までの八年間、馬子は、蘇我氏の天子位継承を不変のものとするために、才智の限りを尽くしたはずだ。そして、そのシステムが完備されたのを確認して、天子即ち太子の死を公表したのだ。――伝えるところでは、太子のための棺は馬子が斑鳩宮に運び入れたという。棺に入れようと抱き上げた太子の遺骸は、まるで衣服のように軽かった。そして、その体からはかんばしい香がただよっていた。――八年前にすでに死去していた太子の遺骸に香を焚き込めてミイラ化し、生きていたと偽装していたものを、八年後の今に死んだとして取り扱えば、伝えるところの記述のようになるのではないだろうか」

日高がそう言って小さくため息をつくと、西村がようやく口を開いた。

「結局、太子は二度も死んだことになるわけですよね。最初の実際の死後と二度目の偽装の死後、太子の遺体は、どこにどのような状態で安置されていたのでしょうか」

神妙な顔で、日高が答える。

「実際の死の直後は、そのまま夢殿に置かれ、香を焚き込めるなど、大陸系ハイテク集団が有していたミイラ作りの技術によってミイラにされた。完全に干《ひ》からびるまで、特殊な小部屋の中に置かれていたのだろう。――太子伝説に、太子が、自分の墓の工事にあれこれと注文をつけ、自分は子孫を残さないと宣言した、というものがある。これは、死去した太子の安置部屋をどう造るかで一悶着あったことと、ミイラと化した太子には当然生殖能力が失われていたことを、暗に伝えているものと私は考える。――安置された太子の遺骸は乾燥が進み、実寸よりもはるかに小さく縮んだことだろう。縮んだそのミイラを、馬子は、木像の背中をくり抜かせてその中に納めた。太子が自分の墓の造作に注文をつけたというのは、先の安置部屋の造りばかりでなく、太子の棺とも言うべきこの木像の造作に対しての、馬子の細かな注文をも暗示しているのかも知れないね。――で、西村君、背中をくり抜かれたこの木像が何であるか、すでに察していると思うが」

日高が水を向けると、西村は、少しうわずった感じで言葉を発した。

「救世観音像。梅原猛先生が、太子の怨霊封じと解明したあの仏像ですね」

「そうだ。そして、以後ずっと、太子のミイラは、救世観音像の胎内に置かれたはずだ。実際の死から八年後の、偽装の死の葬儀の際も、馬が棺に入れて運んだのは、香を焚き込んだ太子の衣服だけだったのかも知れない。このときの太子の公開葬儀自体も偽装であることは、それが太子の妻とされる女性との合同葬であることや、太子の愛馬とされる黒馬が葬儀の日に急死してある寺の近くに墓まで建てられて丁寧に葬られていることなど、複雑な工作が見られることから、間違いのないことだ。――とにかく、太子のミイラは、ずっと救世観音像の胎内にあり、通説で太子の墓とされている磯長《しなが》の廟に置かれることはついになかった。衣服だけが納められた空っぽの墓。片岡山の飢人の遺骸が衣服だけを残して墓の中から消え失せたという伝説は、この太子の空っぽの墓のことを伝えているのだと、私は確信する」

強い口調で断じてそう言うと、日高は、カップの底に残っていたコーヒーを一口で飲み干した。日高がカップをテーブルに置くのを見計らうようにして、日高が口を開いた。

「いやあ、先生。十分納得しましたよ。太子ミイラ説、あまり自信がないようでしたけど、今のお話にはかなり説得力があったと思います。少なくとも、僕には無謀なこじつけとは思えません。――馬子は、生前の太子を天子アメタリシヒコとして中央集権国家のピラミッドの頂点に位置付け、その死後は、神格化、聖人化を演出してついに本当の仏に仕立て上げ、蘇我天子家が統治する仏教国家の求心力としたわけですね」

西村の言葉に、日高は、大きくうなずいた。

「うむ。救世観音像の顔は、生前の太子の顔そのままだったから、その像を礼拝する者たちは、太子その人が目前にいるような錯覚に陥り、大いに畏怖したことだろう。まして、仏教の胎内に仏舎利《ぶっしゃり》として太子の遺骸が納まっていると示唆されていたらなおさらのこと、諸有力者たちは、仏罰を恐れ、救世観音像を擁する蘇我天子家に反逆しようなどとは決して思わなかったであろう。――太子の実際の死後、八年をかけて馬子が練り上げた、太子を絶対仏として礼拝させるというシステムは、馬子の死後も、二十年間に渡って蘇我天子家の国家統治権を安泰のものとしたのだよ」

日高の言葉に深くうなずいた西村だが、神妙な表情になってつぶやくように言った。

「それにしても、太子は気の毒ですよね。天子という責任の重い地位に祭り上げられたり、死んでも生きたふりをさせられたり、あげくの果てはミイラにされたまま、お墓に葬られることもなく……。太子が怨霊になるとしたら、藤原氏に対してではなく、父の馬子に対してじゃないかという気もしてきますよ」

西村のつぶやきに、日高は、苦笑いを見せながら言った。

「いや、世間虚仮《せけんこけ》、唯仏是真《ゆいぶつぜしん》――この世は仮の姿で、仏だけが真実である――との境地に到った太子にとって、即身成仏は悲願であり、ミイラとされたことは喜びであったと理解するべきだろう。仏となった太子が怨霊に身を落とすはずがないのだ。ただし――」

「ただし――」と、西村。日高が続ける。

「ただし、即身仏となった太子に、酷い仕打ちを加えた人物やその一族は、後年、自分たちがしでかした行為に心底おびえたことだろう。彼らは、仏を殺したことになるのだから」

「仏を殺した――。彼らとは藤原氏一派のことですよね。仏とは、太子のこと」

驚いた顔で西村がそう言う。日高が即座にうなずいた。すかさず西村が問う。

「藤原氏が、聖徳太子を殺したのですか」

「そうだ。推古二十一年の即身成仏行による実際の死、その八年後の偽装の死、それからさらに二十年後、太子は藤原鎌足らによって殺され、三度目の死を迎えるのだ。それも、当事者の藤原氏自身も恐々となるような残忍卑劣なやり口で」

「と言いますと」

そう言う西村に、日高は、壁の時計を指さして示した。時計を見上げて、西村が飛び上がる勢いで立った。リュックをわしづかみにすると、玄関の方へ駆け出す。

「お邪魔しました。また来ます」

叫ぶように言って、西村は、慌しくドアから出て行った。西村の背中を見送ると、日高は、空のコーヒーカップを持って流しに立った。

6

斑鳩《いかるが》の入鹿《いるか》

ピンポーン。軽快なドアホーンの音が、日高圭介のワンルーム内に響く。しかし、それへの反応は何もない。

ピンポーン。再度、ドアホーンが鳴る。やはり、無反応である。

ガチャリとドアが開き、西村栄二が室内をのぞき込む。

「こんにちは。西村です。先生、留守ですか」

返事はない。西村が部屋に上がる。

「先生、お邪魔しますよ。——あっ」

叫び声を上げた西村の視線の先に、三人掛けのソファーにうつ伏せになっている日高がいた。西村は、そばに寄って日高の肩を揺すり、声をかける。

「先生、どうしました。気分でも悪いのですか」

日高は、首を右に左にねじりながら、ゆっくりと身を起こした。顔を上げて西村の顔を見る。

「お、西村君か」

そう言って体をそろそろと半転させ、日高は、ソファーに腰かけた。首をぐるりと回してから、手のひらでシングルソファーを西村に示す。西村は、小さく会釈してからそのソファーの方へ回って腰を下ろした。

「先生、珍しいですね、この時間に昼寝をなさるなんて」

西村がそう言うと、日高は、あくびをかみ殺しながら答えた。

「昨晩遅くまで調べ物をしていたものでね。今も、ちょっと読み物をしていたら、つい眠り込んでしまったようだ。夜更しがこたえるようになってしまったよ。はは。——それはいいとして、西村君。太子ミイラ説の傍証として、一つ話し忘れていたことがあった」

「えっ、話が早いですね、今日は」

驚いた表情で、西村が言った。

「うむ。調べ物をしていたら、話したいことが増えてしまったのだ。前の話題にはひとまず区切りをつけたいのだよ。そこで、さっそくだが——太子十四歳、西暦五八五年に、馬子は大野丘《おおのおか》というところに仏塔を建立する。このとき、太子が、仏塔は仏舎利の器であるのに、この仏塔には納められるべき仏舎利が納められていない、と指摘する。仏舎利が納められていない塔は必ずや倒れてしまうだろうと言われ、馬子は、仏舎利を熱望するのだ」

「仏舎利と言いますと」

西村が問うと、日高は、即座に答えた。

「釈迦《しやか》の遺骨のことだ。仏教の中では、ある意味でその教義以上に貴《とうと》ばれるところがある。仏舎利の所有が、釈尊の正統であるということを証明するのだろう。この場面では、馬子の信頼する人物の食器の中に、奇跡的に仏舎利が出現したので、それを馬子建立の仏塔に納めたと記されている。しかし——」

日高がそう言うと、西村は、身を乗り出した。無言である。日高が話を続けた。

「しかし、このエピソードも、太子の聖人化のための創作であるはずだ。創作だとすれば、太子の聖人化のほかにも、書き手の何らかの意識が反映されていると考えてもよいだろう。仏舎利の真の価値を知る太子、仏塔という形ある物の安泰のためにそこに納める仏舎利を熱望し、手に入れるやすぐに塔にそれを納めて安泰を図る馬子。太子十四歳のシーンだが、これは、実は、太子が即身仏となった前後のできごとのメルヘン化ではないのか。——自身を滅ぼしてまで仏の真実を得ようと即身成仏行に打ち込む太子と、仏教国家の安泰を第一として利用できるものはすべて利用し、即身仏となった太子の遺骸までも利用した馬子。両者のこの実像を、仏舎利をめぐってのエピソードに仕立てたのではないかと思うのだ」

日高の言葉に、西村がうなずいて言った。

「なるほど。仏の真実を求めて即身仏となった太子。その太子のミイラを蘇我政権国家の安泰のために、仏舎利として救世観音像の中に納めた馬子。太子十四歳のエピソードも、先生の解説を聞いてますと、そのように思えてくるから不思議ですね」

「おいおい。その言い方だと、私が無理矢理こじつけているようにも受け取れるぞ。人聞きの悪い。——まあ、こじつけなんだけど」

日高の言葉に、あわてて首を振る西村。

「いえいえ、純粋に感動しているんですよ」

「そうかい。じゃあ、もう一つサービスしておこう。——片岡山の飢人のことなんだが、この人物の容貌の描写に、面長《おもなが》、両耳が長く垂れている、目は細く長い、とある」

「えっと、面長で、耳が垂れていて、目が細くて長い、ですね」

日高の言葉を復唱する西村。続けて、叫ぶように言った。

「あれっ。何か聖徳太子の顔のイメージですね」

「そうなのだ。特に、太子のミイラが納められていたと私が考えている救世観音像の顔が正にこのとおりなのだよ。耳が長いという特徴は太子の別名にも一致するし、したがって、片岡山の飢人は太子その人である可能性がさらに高くなってくる。即ち——食を断つことで死に到り、死後に墓から姿を消したという飢人のエピソードは、断食行で即身仏となり、その後に墓に葬られることなく、仏舎利として仏像の胎内に納められた、聖徳太子の身の上を物語っている、との私の解釈がますます有利になるのだよ」

決しておごった様子ではなく、むしろ抑えた口調で日高が言った。西村がうなずく。

「十分に納得できますよ。——でも、日本書紀などの太子伝説を、先生の言われる、制作者と執筆者の意図のずれを探りながら読み解くことによって、太子が天皇やミイラになっていることが立証されるとは、予想もしていませんでした。驚きの連続ですよ」

真顔で言う西村の言葉に、皮肉や嫌味は感じられない。日高が苦笑して言った。

「正面きってそう言われると照れてしまうよ。まあ、学術的な論文を書こうとすれば、もっと精密な論証が要求されるところだろうがね。それは専門家にまかせるとして、だ。——ところで、これも書紀の中の太子伝説の二重構造の読み解きから考えていくのだが、つまり、太子の三度目の死のことだ」

日高の言葉に、西村が即座に反応する。

「あっ、藤原氏によって残忍な手口で殺されたというやつですね」

「うむ。もちろん、殺されたという言い方は、もののたとえというやつだ。だが、殺されたと表現してもそれがオーバーでないことは、すぐにわかってもらえると思う。——西村君、蘇我氏の滅亡の経緯について、ちょっと思い出してくれないか。前に貸してあげた歴史学習マンガの終わりの方に、描かれていただろ」

日高にそう言われて、西村は、首を横に傾け、額に手を当ててしばらく黙り込んでいた。その様子を、日高は、穏やかな表情で見ている。傾けた首をまっすぐに起こすと、西村は、おもむろに口を開いた。

「太子と馬子が死没し、遅れて推古天皇が亡くなります。推古の死後、次期天皇を誰にするかで蘇我氏内部で意見が対立します。蝦夷は、太子の遺児山背大兄王《やましろおおえのみこ》を擁立しようする一派を実力行使で退け、強引に自分の側から天皇を立てます。このときの対立以後ずっと、山背は、皇位継承をめぐって蝦夷サイドから目の敵にされるわけです。そして、あるとき、蘇我入鹿の軍が斑鳩宮の山背王一家を急襲します。あっ、このとき、山背王が馬の骨を置いて逃げるんでしたね」

西村の言葉に、日高が無言でうなずく。無言のまま手のひらを出して、どうぞ、という手振りをした。

西村が話を続ける。

「えっと、それで結局は、山背王の一家は全員が自害して果て、太子の子孫はここで途絶えたわけです。一方、蝦夷、入鹿親子の横暴は天皇を見下すほどになり、それに反発した藤原鎌足や中大兄皇子らが入鹿を謀殺し、それを知った蝦夷も自害する。こうして、絶大な権力を誇った蘇我氏は、あえなく滅亡してしまうわけです。――いかがでしょう」

日高は、パチパチパチと小さく拍手した。

「お見事だよ、西村君。それだけ理解してくれていると話もしやすいなあ」

そう言われて、西村は、照れ臭そうな笑みを浮かべた。それから、神妙な顔になっておずおずと問うた。

「でも、通説は今のでいいとしても、先生の考えでは、話の前提からして全然違っているわけですが、いったい蘇我一族はどのようにして滅んだのでしょうか」

「うむ。藤原鎌足らによって滅ぼされたのは、間違いない。ただし、鎌足らが討ったのは、天皇家を軽んじる横暴な蘇我一族ではなく、天皇家としての蘇我一族だったのだ。端的に言えば、鎌足一派は、建国者である蘇我天皇家を皆殺しにして、馬子が建てた中央集権国家をまるごと乗っ取ったのだよ」

「乗っ取った」

目を丸くする西村。日高は、静かに話を続ける。

「君が話した通説の論理は――蝦夷、入鹿親子は、偉大な太子の子孫を死に追いやった悪人であり、天皇家をないがしろにする不届き者であり、国家のために百害あって一利なしの存在として描かれている。鎌足一派は、その悪人たちを一掃してくれた。鎌足らはこの国を救ったのだ。だから、鎌足一派がこの国を治めるのは当然なのだ――というものだ。これは、梅原猛氏が著書の中で指摘していることだが、日本書紀のこの部分の記述は、藤原鎌足らの正当化があまりにも露骨なのだ。もちろん、それは、その後の藤原政権の正当性を約束するものだから、露骨になるのも致し方ないがね。しかし――」

そう言って、日高は、口元をわずかにへの字に引き締めた。

「しかし、何でしょうか」

せかすように、西村が問うた。

「しかし、その露骨な正当化の記述こそが、残忍卑劣な手口で国家を乗っ取ったことに対する後ろめたさの表れなのだよ。正当化という心理現象は、自らの行いに自信がないから起きるのだ。そして、正当化のために事実を歪曲する角度が大きくなるほど、より現実味のある嘘を並べ立てなくてはならなくなる。――たとえば、入鹿軍に急襲された山背王《やましろのみこ》が宮から逃げ出すとき馬の骨を置いたというが、いったい誰がそれを見ていたのだ。同じく、山背王は抗戦せず自害を選ぶが、その理由として、民を争いに巻き込むわけにはいかないと言ったと記している。いったい誰が聞いていたのだ。その場にいた家族は皆死んでいるんだぞ。書紀編纂開始は、この事件より半世紀も後なのに、これらの記述はまるで見てきたかのようではないか。講釈師が見てきたように嘘を言っているだけではないか」

日高が強い口調で言うと、西村は、首をかしげて問うた。

「日本書紀の、蘇我氏滅亡に関する記述は、完全な創作ということですか」

「そう。完全な創作だ。ただし、コマ切れに真実が見え隠れするけどね」

「それも書紀制作者の藤原不比等と文章を創る執筆者の意図のズレの読み解きからわかるのですか」

西村が問うと、日高は、首を大きく横に振った。

「いや、蘇我氏滅亡の段についてはおそらく不比等自ら執筆したんだろうね。その事件の前後から自分の代に到るまでの藤原氏政権の正当性を支える極めて重要な段章だからね。しかし、細心の注意を払ったつもりでも、筆者不比等の知る隠しきれない真実が創作の中に自覚がないままに反映されてしまっているように見えるのだよ。――そこで、私は、聖徳太子を含む蘇我馬子一族が事実上の天皇家であったとする立場から、日本書紀を基盤とする通説の蘇我氏滅亡の経緯を、演繹的に読み直してみたのだ」

日高の言葉に、西村は、うなずくとも首をかしげるとも見えるような動きをする。無言である。日高の話が続く。

「蘇我天皇家――正確には、蘇我天子家と言うべきだろうが、天皇家で通すことにするよ。その蘇我天皇家は、馬子の創設した即身仏太子礼拝、太子絶対化のシステムに乗って、国家の隅々まで仏教を浸透させた。上流階級だけでなく、下層の一般庶民にも仏教信仰を広めたのだ。現在でも各地に土着性の強い太子信仰が残っているのは、この飛鳥時代の蘇我天皇家の仏教政策に起因していると思う。――推古天皇の後継となった舒明天皇が、神祇《じんぎ》の祭司長という立場を捨てて強力な仏教下護《げご》者に転身し、寺院建立などにも積極的であったことが書紀には描かれている。これは、めざましく進展した仏教文化興隆の手柄を蘇我家のものとは伝えたくない気持ちからの工作だろうし、後代の天皇が進んで仏教に接近するのを正当化する口実でもあると、私は考える。ともかくも――」

日高の言葉に、西村は、じっと聞き入っている。日高がさらに話を続ける。

「ともかくも、蘇我天皇家は、仏教即ち太子仏を求心力として、かなりの善政を行ったのではないだろうか。寺院建立などの大事業で経済も活性化されていたはずだ。鎌足らの、蝦夷入鹿親子討伐の言い分は、蝦夷らが自ら天皇のごとく振る舞った横暴を糾すというもので、決して民衆を苦しめる圧政、悪政を排除するためというものではない。このことからも、蘇我天皇家が、民衆にも支持される善政を行っていたことが問わず語りに伝わってくる」

じっと聞き入っていた西村が、何か思い出したように口を開いた。

「そう言えば、独裁主義国家が滅ぶ最大の原因は、民衆の支持を失うことですよね。近年の諸外国の政権交代劇の中で、独裁者一族の国民に対する悪事圧政が新政権によって次々と暴露されています。ひどいもんですよ」

西村の言葉に日高がうなずく。

「うむ。新政権が旧政権の悪事を暴くのは世の習い。ところが、日本書紀の中には蘇我天皇家の民衆への圧迫は書かれていないに等しい。この事実は、次の三つの真実を我々に伝えてくれる。一つ目は、実際の蘇我氏の治政に悪口の種になるような悪政がほとんどなかったということ。二つ目は、藤原氏サイドの目が一般の民衆には向いておらず、ひたすら天皇の座だけを見ていたということ。三つ目は、そのために、自分たちの正当化に皇位継承の経緯だけをクローズアップするのに精一杯で、蘇我家の民衆への圧政を捏造するのをすっかり忘れてしまったということ」

「すると、先生。鎌足らは、何の大義名分もなしに蘇我天皇家を攻めたということですか」

西村の問いに、日高は、即座にうなずく。

「蘇我天皇家以外に天皇家はない。したがって、鎌足らが大義名分の引合いにできる天皇家もない。鎌足らは、権力者としての天皇の座を欲し、我欲のままに国家を奪い取ろうとしただけだ」

西村は、首をかしげ気味に小さくうなずく。日高は、その西村の様子にかすかに苦笑いを浮かべた。

おずおずとして、西村が問うた。

「馬子たちが自らの欲望のままに蘇我一族を攻めたとしたら、どのような手順を踏んだのでしょうか。蘇我氏の軍隊は、馬子のイメージからしても、ものすごく強大なものだったような気がします。正面から戦争をしかけても、逆に返り討ちされてしまうのではないでしょうか」

「うむ。いい質問だ。今の君の指摘のとおり、真正面からの戦いでは、鎌足らに全く勝ち目はない。そんな正々堂々の戦いはしないのだ。——当時の天皇は、馬子の第二子だった。期待の第一子太子を失った馬子は、止むを得ずその第二子を二代目天皇とする。それが日本書紀の中の蝦夷だ。その蝦夷の後継者、次期天皇と目されていたのが、書紀の中で入鹿と呼ばれている人物。鎌足たちは、当初、この三代目に取り入ることで権力の座に近づこうとしたと、私は考える。入鹿と親密になり、入鹿が天皇になった暁には高位に取り立ててもらおう、という程度の野心だったはずだ」

「意外にささやかな野心ですね。それが、国家を奪い取るほどになったのは、どうしてでしょうか」

西村の問いに、日高がにやりと笑って答えた。

「それは、入鹿が調子に乗り過ぎてしまったからだ」

えっ、という顔をする西村だが、日高が続けて言う。

「その話をする前に、熱いコーヒーでも一杯どうだね」

「あ、はい」

西村は、テーブルの上の日高のコーヒーカップを取り、さっと立ち上がった。そのまま流しの方へ行く。水の音や食器の当たる音が聞こえていたが、やがて、湯気の立つカップを二つ両手に持って、西村がソファーにもどって来た。カップをテーブルの上にそっと置いてから、ソファーに腰を下ろした。

「おっ、おりがとう」

日高は、カップを取り、少しだけ口をつけてテーブルにもどした。西村も、同様に少しだけすすった。そして、問うた。

「先生。入鹿が調子に乗り過ぎたというのは、どういうことなのでしょうか」

「うむ。入鹿という人物は、第二の聖徳太子たるべく、エリート教育を受けた、蘇我天皇家期待のエースだったと思う。しかし、生まれながらのボンボンだったから、警戒心に欠け、いくらか軽率な面があった。そのため、鎌足たちにおだてられて、蘇我天皇家の政権維持の舞台裏のことを全部明かしてしまったのではないかと思うのだ。一族以外、あるいは天皇以外には知られてはならないことを。――その秘密の中には、馬子と太子が編纂したと伝えられる歴史書もあった。当然それは蘇我天皇家の正当性を記述したもので、その中では鎌足らの先祖は悪役にされていたであろう。それを読んだ鎌足は、先祖の汚名をはらそうと密かに心に誓ったのかも知れんな。また、入鹿は、絶対に人を入れてはならない斑鳩の宮の一角に、得意になって鎌足たちを招き入れた。太子のミイラを納めた救世観音像が安置された場所だ。蘇我天皇家の政権維持の要《かなめ》だ。近くでまじまじと見る救世観音像。裏側を探って見てみると、仏舎利とされる太子の即身仏。しかし――」

そう言って、日高は、コーヒーを一口すすった。西村は無言のまま。カップを置くと、日高は、話を続けた。

「しかし、鎌足が現実主義であったり、仏教への信仰心のない者であったら、その目に映る仏像もただの木の人形でしかなく、太子の即身仏も醜く縮んだ人骨一体に過ぎない。実際、鎌足は、そのように見たであろう。そして、これが仏教の要であるとしたら、仏教恐るに足りんと確信したはずだ。このとき以降、鎌足の野心は、高位に取り立ててもらうというささやかなものから、蘇我一族を追い出してこの国家を乗っ取ってやろうという遠大なものへと変貌する。一方、このとき一族の最高機密を他人に教えたということで、入鹿は、蝦夷から強く咎《とが》められる。一枚岩のはずの蘇我天皇家に不協和音が走ったのだ。――この経緯のことが日本書紀では、六四三年、入鹿の独断による山背王急襲、それをめぐって父蝦夷との不協和音として処理されている」

「えっ。入鹿が山背王一家を自害に追い込み、滅亡させたという話と、入鹿が太子の即身仏を鎌足に見せたという事実は、似ても似つかないできごとですけど。どこでどうやって結びつくんでしょうか」

驚いた顔で問う西村。日高が即座に答える。

「入鹿が鎌足に蘇我天皇家の政権維持の秘密を明かしたことにより、国家奪取の野望に燃えた鎌足が蘇我天皇家を滅亡させた。つまり、軽率な入鹿の振る舞いが、山背王から想起される太子その人も含めた蘇我天皇家滅亡の原因となったことを書紀の記述で暗示させている、と私は考えるのだ」

「では、実際に、入鹿の軍勢が山背王を襲ったという事実はなかったのですか」

「うむ。入鹿は、襲撃したのではなく、襲撃されたのだ。日本書紀の中の山背王の所作は、実は、入鹿のものなのだ」

驚いた顔をする西村。言葉は出ない。日高が続ける。

「襲撃したのは、鎌足一派だ。ただし、六四三年ではなく、六四五年のことだ。――六四三年に蘇我天皇家の秘密を知って以来、鎌足は着々と政権奪取の計略を練っていた。二年後、作戦決行のときが来る。鎌足は、父蝦夷と不和の状態にあった入鹿を自分の側に完全に取り込んでおり、まず、入鹿に早く皇位を継承するように煽り立てる。入鹿が父蝦夷に皇位継承を求めると、その背後の鎌足の存在を苦々しく思っている蝦夷は、入鹿の申し出を一蹴する。これも鎌足の計算内である。意気消沈する入鹿の耳元で鎌足がささやく。実力行使しかありません、今やらないと天皇位は他の王子のものですぞ、と」

西村がいぶかしげな表情をして問う。

「入鹿が父の蝦夷を攻めたのですか」

日高は、首を小さく横に振って言った。

「いや、入鹿は、父親暗殺を持ちかけられて断りきれず、父蝦夷をおびき出すのに利用されたのだろう。書紀では何かの儀式の席上で入鹿が刺客に不意討ちされ、首を斬り落とされているが、このような殺され方をしたのは蝦夷の方だと思う。――いきなりの暗殺ならば、やはり最高権力者を先にねらうだろう。二番手を先に殺してしまうとそれを知ったトップは、すぐに厳重な警戒体制を敷き、犯人割り出しに動くはずだ。書紀で、入鹿が蝦夷より先に殺されているのは極めて不自然なのだ。史実のとおりの記述とは思えない」

そう言って、日高は、コーヒーを一口すすった。西村もカップを取り、少し口をつける。カップを置いてから、西村が問うた。

「通説では、蝦夷は自害したことになっていますが、これも入鹿の場面と同様に打ち首にしたように書いた方が、藤原氏側の正義が引き立つのではないでしょうか」

「書紀中の蝦夷は確かに天皇家に対して悪役を担わされているが、中立的な立場から見ると、さほどの非道を行っているというわけではない。対して、入鹿は山背王一家を死に追いやったほどの極悪人とされている。――鎌足たちが殺したのは極悪人だけなんだよ、むやみやたらに人を殺したんじゃないんだよ、と鎌足たちを弁護するために、蝦夷の方は自害にしたんじゃないのかな」

ふうん、という感じに、西村が軽くうなずく。完全に納得したという顔ではない。右に左に首をかしげている。

「よし、じゃあ、今日の本題に入ろう。蝦夷殺害成功の知らせを受けた鎌足は――」

日高の方から話を切り出すと、西村は、姿勢を正すかのように少し座り直す動作をした。日高が話を続けている。

「鎌足は、斑鳩宮護衛の口実で宮の近くに待機させていた自分の兵に、斑鳩宮襲撃の命令を下した。これより数刻前、先に蝦夷暗殺の知らせを受けた蘇我家の兵のほとんどは、緊急事態の飛鳥宮へ駆け付けてしまっていた。宮の周囲が他家の兵だけになると、さすがの入鹿も不安になり、宮を出て飛鳥に行こうとする。鎌足の兵が入鹿を説いて宮内に押し止《とど》める。そうしているうちに、命令が下ったのだ」

　じっと聞き入る西村。神妙な顔になって、重たい口調で話を続ける日高。

「兵士たちは、戸を打ち破り一気に中へなだれ込んできた。逃げ惑う入鹿たち。一太刀のもとに斬り捨てられる者。何度も太刀を突き立てられる者。命乞いをする者、泣き叫ぶ者。鎌足は、実行犯の兵に仏教信仰心が皆無で、蘇我氏に恨みを抱いている者をそろえたであろう。一人も生かすな、という鎌足の命令に忠実に従える連中だった。宮から逃げ出した者も見逃しはしなかった。山に逃げ込んだ者たちに対しては、徹底した山狩りをかけた。おびえて必死に駆ける蘇我の者たち。おもしろがって追い込みをかける兵士たち。追い込まれて、結局は、もとの斑鳩宮にもどってきたところで殺された者もいた。山の中で首を吊った者もいた。鹿狩りのように、弓で射られた者もいた。そして、この名前だ」

　そう言って、日高は、テーブルの上のノートを開いて文字を書き付けた。西村がのぞき込む。書き終えると、日高は、ノートをくるりと半転させて西村に向けた。

② 入鹿《いるか》が↓いるか　が↓いかるが↓斑鳩

じっとノートを見入る西村。顔を上げて、何か言いたげな表情をするが、言葉は出てこない。日高が、静かに話し始めた。

「私は、山背大兄皇子と蘇我入鹿が通説上は被害者と加害者であるのを知っていながら、両者の間が親密であるように思えてならなかった。それは、山背と入鹿という両者の名前がたまたま連想的に関連しているせいだろうと解釈していた。しかし、日本書紀の記述の寓意の二重構造に気づいてからは、この両者の名前の関連性も、決してたまたまのものではないと考えるようになった。それが①の、山背に入る鹿子、だ。――山背と入鹿を同一人物として、その名を仮にヤマト皇子と呼ぶ。お調子者のヤマト皇子を持ち上げてさんざん利用しておきながら、用済みとなるや鎌足は、あっさりとヤマト皇子を切り捨てる。自らの手勢でヤマト一家を皆殺しにするのだ。何の大義名分もない、権力欲にかられた大量殺人だ。権力奪取の後、鎌足の子不比等は、父親とその仲間の悪行を正当化する歴史書を編集することになる。父の残忍卑劣な振る舞いをいかに美化するか。不比等は、この大量殺人が蘇我氏内部の争いの結果、発生したものであると操作した。蘇我氏の中に善玉と悪玉をつくり、善玉が悪玉によって葬られるというストーリーを創作する。善玉と悪玉を誰にするか。不比等は、事実上の被害者であるヤマト皇子を、フィクション上の加害者、被害者に二分化して、悪玉と善玉に仕立て上げることにした」

そう言って、日高は、コーヒーをすすった。日高がカップを置くと、西村は、額にしわを寄せて問うた。

「山背とか入鹿とかいう名前は、不比等が考えたのでしょうか」

「たぶんね。不比等は、鎌足から仮称ヤマト皇子襲撃の話を聞かされていたのだろう。鎌足は、ヤマトの奴めはあわたふためいて宮から飛び出し山の中に入って鹿のように逃げ回っていたぜ、とでも話したのではないかな。不比等はその人物のことを、山中に入って鹿のように逃げ回った皇子、として記憶していたのだ。その記憶が、蘇我四代の名を動物名で卑しめてやろうという発想と結び付き、ヤマト皇子の悪玉名を鹿子、少し改良して入鹿。善玉名を山中皇子、これも地名に重ねて改良し、山背皇子。登場人物の命名完了だ」

「なるほど。——この、②の方は、どういう意味でしょうか」

西村は、ノートの文字を指で示しながら問うた。日高が即座に答える。

「通説では、入鹿は、飛鳥の宮で殺害されたことになっている。しかし、いやそうではない入鹿は名前に重ねられた斑鳩の地で死んでいるのだ、という真相がこの名前に込められているのではないか」

「えっ。それは変ですよ。だって、不比等は真相を隠したいわけですよ。それを、なぜ、真相がばれるような小細工をするのですか」

少し興奮した口調で西村が問うた。日高はしばらくうつむいていたが、顔を上げるとおもむろに語り出した。

「当初、私は、日本書紀の中の、蘇我氏や聖徳太子に関する記述の寓意の二重構造は、藤原氏政権の正当化を図る制作者不比等と、真相を伝えたい執筆者との暗闘の産物だと考えていた。それはそれで間違いのないことだと確信している。しかし、くり返して資料を見ていく中で、もしかしたら不比等自身も真相を伝えることを望んでいたのではないかと思えてきたのだ」

きょんとした顔で西村が聞き入っている。日高が話を続ける。

「武闘派で現実主義の鎌足に比して、不比等は、相当に信仰心のある人物だったのではないか。だからこそ、梅原猛氏のいう太子の怨霊の鎮魂を積極的にやっているのだよ。とすれば、藤原氏政権正当化の日本書紀にも、真実を百パーセント隠蔽《いんぺい》できない弱さが顔をのぞかせているのではないか。つまり、あの世に逝ったとき、太子仏から、おまえはどうして真実を抹殺したのか、と問われた際、いいえ抹殺などしていません、ちゃんと真実が伝わるようにしてあります、と言い逃れができるように。——積極的にではないにせよ、藤原氏正当化のために隠蔽歪曲したことの真相が露見してしまいそうな記述になったとしても、意識下の仏罰への恐怖心から、我知らずその記述を認めてしまっていたのではないか」

「何だか、とても複雑な心理ですね」

神妙な顔で、西村がぼそりとつぶやいた。うなずく日高。静かに話を続ける。

「うむ。——不比等に仏教信仰心があったと断定して話を進めるが、その不比等にとって蘇我天皇家皆殺し以上にショックなことを、父鎌足の一味は、しでかしていた」

「太子の三度目の死、ですね」

すばやく反応する西村。日高が続ける。

「そうだ。鎌足の手勢は、斑鳩宮の一角に仏像を発見する。彼らにとっては木の人形だ。鎌足は、この人形が今後の治政に利用できることは熟知していた。しかし、仏舎利の何たるかは知る由もない。配下に命じた。その人形の中の物を引きずり出せ、汚れた蘇我の馬の骨だ。――引き出された太子のミイラを、鎌足らはなぶり物にしたであろう。下劣な言葉ではやし、唾を吐きかけ、足蹴にしただろう。あるいは、生け捕りにした蘇我の一人に強要して踏み砕かせたのかも知れん。彼は、泣きながら先祖の骨を踏み砕いただろう。――仏像は金品とともに持ち出されたが、太子の遺骸は、蘇我天皇家の者たちの遺体とともに、火を放たれた斑鳩宮の中で焼き捨てられた。これが、聖徳太子の三度目の死だ」

日高の言葉を、西村は、身動きもせずに聞いている。日高は、深刻な表情のまま話を続けた。

「父鎌足のその所業を知ったとき、不比等は慄然としただろう。仏教への信仰が深まるほどに、仏としての太子の祟り、仏罰への恐れも増大したことだろう。藤原氏政権の安定化とは裏腹に、いつ訪れるとも知れない仏罰による一族崩壊への恐怖は募る一方だったはずだ。そして、不比等は悟る。安心を得るには、即身仏となった天子アメタリシヒコへの贖罪《しょくざい》の意を表明し続ける以外にない、と。――数々の称号を贈り、鎮魂の寺院を建立し、功績を称え、さらに、その生涯を礼賛して描くことで聖人化、神格化する。これらの不比等の行動が、今日、我々がイメージする聖徳太子の人物像を創ったのではないか、と私は考える」

言い終えると、日高は、カップを手に取りコーヒーをすすった。西村は、ふうとため息を一つ吐いた。おもむろに口を開く。

「日本書紀をめぐっては、制作者不比等と執筆者たちの駆け引きだけでなく、不比等自身の心の中でも様々な葛藤があったわけですね。理知なイメージの不比等が、それほどまでに太子を恐れ、太子の機嫌をとるようなことをしていようとは思いもしませんでしたよ」

西村の言葉に、日高は、わずかに首をかしげて言った。

「いや、不比等は、一点だけ太子の怒りを残してしまう行いをする。彼自身わかっていながらも、どうにもできなかった。だからこそ、仏教指導者としての太子を持ち上げられるだけ持ち上げたのかも知れない」

「その一点と言いますと」

「うむ。その一点とは、太子や蘇我一族が天皇位に就いていた事実を完全に抹殺してしまったことだ。不比等にとっては、苦渋の選択だった。もちろん、それは藤原氏政権の正当化のためだが、周囲からも太子一人さえも天皇位に就いたとすることは絶対に認めない、とする強い圧力があったのだよ」

「えっ。どういうことですか」

そう言う西村に、日高は、壁の時計を指さした。いつもの時刻をかなり過ぎている。西村は、リュックをつかむや立ち上がり、会釈もそこそこに声もなく玄関に走った。日高は、ソファーに横になると、静かに目を閉じた。

7 言い逃れ

ピンポーン。

日高圭介は、ガバッと、上半身を起こした。ソファーの上で眠っていたらしい。

ピンポーン。また、ドアホーンが鳴った。

「開いてるよ」

日高が叫ぶと、ガチャリと玄関のドアが開き、西村栄二が姿を見せた。

「こんにちは。お邪魔します」

西村は、室内用スリッパをパタパタ鳴らしながら、ソファーのところまできた。日高の顔を見て小さく頭を下げた。

「いらっしゃい。——まあ、かけなさい」

日高がそう言うと、西村は、いつものシングルソファーの方へ回り、腰を下ろした。

「お休みでしたか」

「うん。昨晩も、ちょっと遅かったものでね」

日高は、首を右に左に倒してコキコキと鳴らした。テーブルの上のコーヒーカップは空になっている。

「コーヒー、入れましょうか」

「あっ、すまんね」

テーブルのカップを持って、西村は、流しの方へ立った。水の音と食器の当たる音が聞こえる。間もなく、西村が湯気の立つカップを両手に一つずつ持ってソファーにもどってきた。

「おっ、ありがとう」

前に置かれたカップを手に取り、日高は、わずかに口をつけた。日高がカップを置くと、すかさず西村が口を開いた。

「さっそくなんですが、昨日の話では、藤原不比等は、太子の仏罰を恐れてその難を逃れようと、太子礼賛を積極的に行った。しかし、太子が天皇になっていた事実だけは抹殺してしまった。もちろん、蘇我一族の他の者が天皇になっていたことも。それは、藤原氏政権の正当化のためである。——昨日の話はこういうことだったと思うのですが、後でよく考えてみたら、わけがわからなくなってしまったんですよ。なぜ、太子が天皇位に就いたことの抹殺が藤原氏政権の正当化になるのか。不比等がそれほどまでに太子の機嫌を気にしているなら、蘇我の他の者はともかく、太子を、例えば推古天皇の次の代の天皇として日本書紀に記しても、特に問題はなかったのではないでしょうか」

そう言って、西村は、日高の顔をじっと見た。日高が苦笑して答える。

「ずいぶん気合が入っているなあ、今日は。——まあ、確かに、日本書紀では、同じ蘇我氏の血を引く者同士ではあっても、太子と馬子の系図上の距離は相当に遠くに設定している。だから、あちら側の蘇我氏一族を全滅させたとしても、太子はこちら側の血を引く者として何代目かの天皇位を継がせたように操作することは、何の造作もいらないことだった。藤原氏政権の正当化と太子の天皇位継承、この二者を併存させるストーリーは、容易に創り出せたはずだなのだ。しかし、周囲の圧力は、不比等にそれをさせなかった」

「それは、なぜなのでしょうか」

問い詰めるような口調で、西村が言った。その西村を制するように、日高は、手のひらを広げて押すしぐさをした。

「その前に、西村君。今の段階における私の論考を整理してみたい。——古代日本に天皇という位は存在せず、当然、天皇家というものもなかった。あったのは、大王《おおきみ》という地位であった。大王は決して世襲の地位ではなく、氏族同士の連合、分裂、流血戦の中で絶えず移動する不安定な地位だ。その地位を争って国内は常に混乱状態にあった。その混乱を圧倒的な勢力で平定し、明治維新でいう、廃藩置県と版籍奉還のような大改革を行って、中央集統一国家を建てたのが蘇我馬子。その国家の初代天子が、国家宗教仏教の最高指導者アメタリシヒコ即ち聖徳太子。——改めて言うのも何だけど、日本国の初代天皇は、聖徳太子なのだよ。西村君」

えっ、という顔をした西村だが、言葉は発しない。日高が静かに話を続けた。

「仏教とハイテク集団と外交を独占した蘇我天皇家は、ますます強大になっていく。その蘇我天皇家一族を抹殺し、国家の乗っ取りをやったのが藤原鎌足の一味だ。自分には何の肩書きもない成り上がり者だった鎌足は、かつての大王の子孫を神輿に担ぐことで他の有力氏族連中を牽制しながら、実質的に政治の実権を握る。鎌足の息子不比等は、藤原氏政権の正当化のために、蘇我一族を悪玉とする歴史書日本書紀を制作する。そして、西村君、ここのところをしっかり聞いておいてくれたまえ。——日本書紀は、藤原氏政権を正当化すると同時に、藤原氏政権下天皇家を正当化するものなのだよ」

再び、えっ、という顔をする西村。首をかしげ、言葉を区切りながら言った。

「えっと、藤原氏政権下、天皇家、の正当化、でいいんですか」

「そう。つまり、こういうことだ。——どこに書いたっけな。おっと、ここだ」

そう言いながら、日高は、パラパラとノートをめくると、見開きにしたページを西村に向けた。

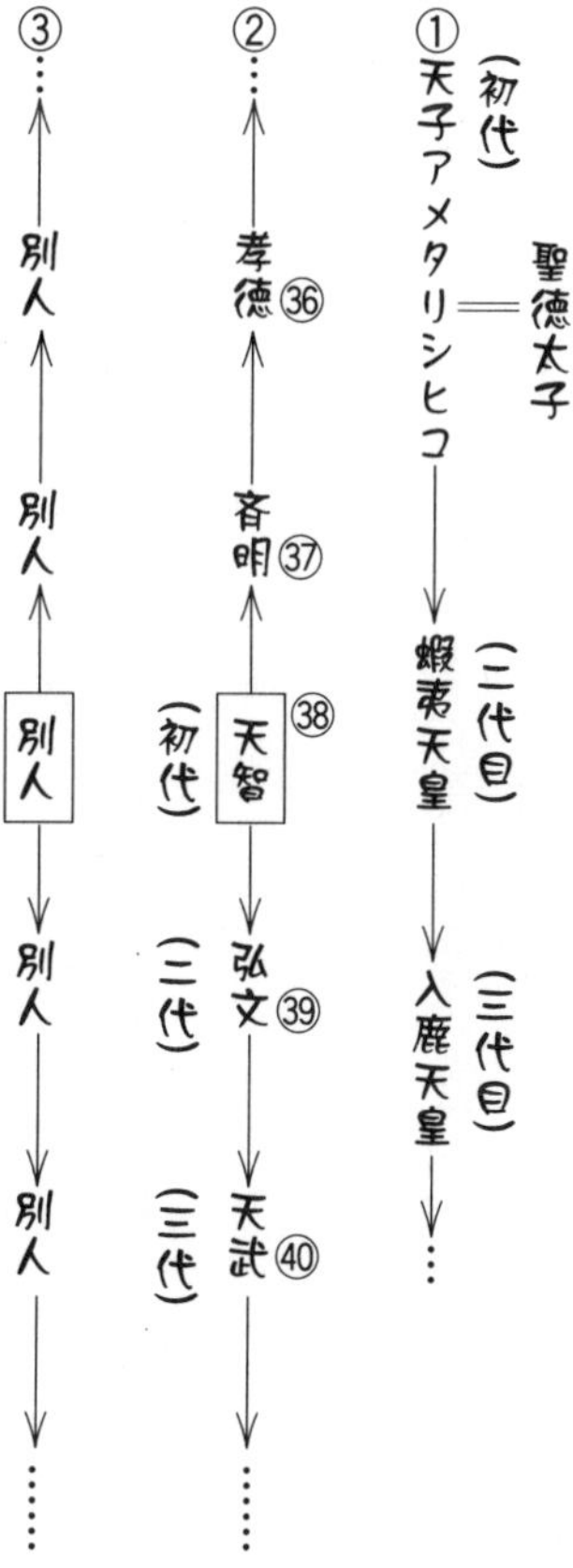

西村は、じっとノートを見つめていたが、おもむろに口を開いた。
「この①の方の意味はわかりました。もし、蘇我天皇家一族が皆殺しになっていなければ、日本の天皇の系図は、聖徳太子を初代として代々に蘇我の子孫が入ったものになるということですよね。でも、こ

の②と③は、何を意味しているのか、ちょっと――」

「うむ。これが、藤原氏政権下天皇家の正当化だよ。正当化と言うより、正統化と言った方がいいかな」

そう言って、日高は、ノートの余白に、正統化、と書きつけて西村に見せた。西村は、無言でうなずく。日高が話を続ける。

「鎌足が神輿として担いだ大王の子孫は、中大兄皇子即ち天智天皇だ。蘇我天皇家全滅のあとに天皇位に就いた人物は、この天智天皇だ。つまり、蘇我氏以外で初めて天皇となったのは、この天智天皇なのだ」

日高は、ノートの文字を指でトンと突いた。西村が驚いた顔で言う。

「えっ、でも、天智の前に斉明天皇や孝徳天皇が書いてますよ」

「そこだよ。それが、藤原氏政権下天皇家の正統化ということなのだ。天智は鎌足に担がれたからこそ天皇になれたのであり、初めから天皇になる資格や権利があったわけではない。それを、もともと資格や権利を有していたように見せるために、親の代、祖父母の代、さらに溯《さかのぼ》った先祖のときから代々、天皇であったように系統を創作したのだよ。――断言してもいい。蘇我一族を除いて、天智天皇以前に、天皇は存在しない」

強い口調で言ってから、日高はじっと西村の方を見た。西村が何か言いかけたが、日高はかまわず、言葉を続けた。

「ダメ押しするなら、天智という名前自体が藤原氏政権下天皇家の初代であることを自白しているのだよ。天智の天は、そのまま天子の天の意味。天智の智の字を分解すると、知《し》ると日《ひ》。つまり、日を知る、日知《ひじ》り、天を知る者、天を治める者。即ち、これも天子を意味しているのだ。天智という名前には、天子の中の天子、という意味がこめられているのだ。天智という名前を採用したことに、私は、日本書紀制作者不比等の、強弁を感じるのだ。天智こそ天皇の起源だという悲痛な叫びのような強弁を。――やはり、蘇我一族を除いては、天智以前に天皇は存在しないのだ。」

　日高がそう言うと、西村が神妙な顔で問うた。

「天智以前の系図は、でたらめということですか」

「うむ。二、三代を遡った辺りまでは、天智につながる血縁者をあてはめただろうが、その先は、まったくの創作と言っていいだろう。――ついでに、③についてなのだが、鎌足が担いだ人物が天智ではなく別の誰かだったら、その別人から遡った二、三代は、まったく違った系図になっただろう。その先は創作だから、②のと同じになっているだろうがね。そして、その別人天皇以降は、当然、別人の子孫が代々の天皇となり、近代日本、現代日本の天皇も別人になっていたわけだ」

「うわっ。先生、それって、ずいぶん大胆な発言なのではないでしょうか」

　西村が大げさに首をすくめて言った。日高は、苦笑いして答える。

「そうだな。戦前戦中なら、不敬罪の極みだろうね。――まあ、それはともかく、不比等の意向というよりも、周囲の雰囲気が、天智天皇を中心とした皇位継承の正当化を工作する上で、歴代天皇系図の中に、聖徳太子が天皇として登場することを極度に嫌った。そのために太子は、万世一系の系図の中に皇太子としては記録されながら、ついに、天皇であったことは明かされなかった。この②の、天智を軸に成立した皇統から弾じき出されたわけだ」

神妙な顔で日高が言うと、こちらも神妙な顔で、西村が問うた。

「その周囲の雰囲気が太子の歴代天皇系図入りを嫌ったというのは、どういうことなのでしょうか」

西村の問いに、日高が一瞬厳しい表情をして見せた。無言のまま、カップを手に取り、コーヒーを一口すする。カップを置くと、日高は、苦笑いを浮かべて大げさな口調で言った。

「西村君、いくらか遠回りしてきた感じもするが、今、我々の話も、核心に迫ってきたぞ。その周囲というのは、藤原氏に従った反蘇我の有力者たちと考えてよいのだが、その人々が聖徳太子を万世一系の皇統に加えるのを嫌ったのは、なぜかと言うと——」

日高の顔から苦笑いが消えた。西村も少しこわばった面持ちになる。日高が静かに言葉を続けた。

「——それは、聖徳太子が純粋な日本人ではなかったからだ。太子は、土着の大和民族ではなかったのだよ」

西村が大きく目を見開く。

「ええっ。太子が日本人ではなかったとはどういうことなのですか」

「つまり、太子の母体の蘇我氏が、日本在来の一族ではなかったということだ。蘇我氏は、大陸系の一族だったのだ。——いや、蘇我氏が大陸と関係の深い氏族であることは、すでに多くの研究者が指摘していることで、何も目新しい意見ではない。しかし、それら従来の説は、蘇我氏と大陸との結びつきの強さを指摘しながら、蘇我氏を新参の渡来人、帰化人と決めつけるのにはなはだ消極的なのだ」

そう言って、日高は、鉛筆を取ってノートに文字を書き付けた。ノートを西村に向けて言った。

「西村君、これを見て何を連想するかな」

韓《から》子——高麗《こま》

すかさず西村が答える。

「朝鮮半島の国の名ですかね」

「うん。では、その朝鮮半島の古代の支配者にモクマチという王がいたという史実があるのを頭に入れて、これを見てくれ」

そう言ってノートを自分に向け、日高が文字を書き加える。

満智《まち》——韓《から》子——高麗《こま》

日高にノートを向けられ、西村が言った。

「朝鮮半島の国の支配者の名前でしょうか」

それには答えず、日高は、ノートを自分に向けると、また書き足して、西村に示した。

満智《まち》——韓子《から》——高麗《こま》——稲目——馬子

「ええっ。これって、蘇我氏の先祖の名前だったんですか」

西村が叫ぶように言った。

「そうだ。日本書紀に明記されていることだよ。どう見ても、蘇我氏のルーツが朝鮮半島であることを伝えているとしか思えないだろう。しかし、多くの研究は、蘇我氏を朝鮮半島からの渡来者とは断定しないのだ」

「なぜなのですか」

「うむ。実は、同じ日本書紀の中に、満智からさらに何代も溯った、蘇我氏の祖として、生粋《きっすい》の大和民族である武内宿禰《たけのうちのすくね》の名前があるのだ。まあ、しかし、これについてはすでに、後代の創作であるとする説も出されているがね」

そう言って、日高は、コーヒーを一口すすった。日高がカップを置くのを待たず、西村が問うた。

「先生は、このことをどのように解釈しているのでしょうか」

カップを手にしたまま、日高が答えた。

「蘇我氏が歴史の表舞台に登場するのは、稲目の代からだ。稲目以前の蘇我氏は存在していないに等しい。私は、蘇我氏を、稲目かその一つ前の代に日本に渡来した、朝鮮半島系の一族だったと考えている。

ただ、蘇我氏の周囲には、中国系の生活様式を思わせるものも多く存在することも事実だ」

そう言って、日高は、カップをテーブルに置いた。西村が、首をかしげて問うた。

「中国系の生活様式と言いますと」

「大きなところで言えば、蘇我氏が天皇のように振る舞い、中国の天子の特権である八佾《やつら》の舞《まい》という壮大な儀式をしていることだな。日本書紀の中に描かれている。おもしろいところで言うと、これも日本書紀にあるものだが――」

そう言って、日高は、ノートをめくって西村に示した。日本書紀の記事の書き抜きらしい。


空中にして竜に乗れる者有り。貌《かたち》、唐人《もろこしびと》に似たり。……馳せて胆駒山《いこまのやま》に隠れぬ。午《うま》の時に……西に向ひて馳せ去ぬ。


「入鹿が鎌足らによって殺害された後、斉明天皇が即位するが、この記述は、その斉明天皇につきまった化け物に関するものだ。この時点で化けて出るとなれば、入鹿をはじめ蝦夷を含めた蘇我氏の者以外にあり得ない。この文中には、蘇我氏の象徴である馬を連想させる言葉や文字がいくつも見られるが、これも、この場面に出てくる化け物が蘇我の者であることを暗示していると思うのだ。さらにおもしろいのは、蘇我入鹿が正体であろうこの化け物が、胆駒山《いこま》に逃げ隠れていることだ。胆駒山だぞ、西村君」

はっ、という表情で、西村が叫んだ。

「山背王が逃げた山」

「そうだ。その山に化け物となった入鹿が隠れたというのだよ。これも、入鹿と山背が同一人物であることの暗示の一つのような気がするのだ」

「なるほど」

西村は、大きくうなずいて見せた。日高は、カップを取り、コーヒーを一口すすった。神妙な表情になって、話を続ける。

「それはともかくとして、入鹿と思われる化物の姿形について、貌《かたち》、唐人《もろこしびと》に似たり、とあるだろ。中国人ふうの身なりをしているというのだよ。これは、蘇我氏が日常生活にも中国様式を取り入れていたことを意味しているか、あるいは、蘇我氏のルーツを中国だと暗示しているかのどちらかではないかと思うのだ」

「では、蘇我氏のルーツは、朝鮮半島ではなく、中国だという可能性もあるということですか」

西村の問いに日高は返事をせず、口を結んで首をかしげたまま黙り込んでしまった。西村は、テーブルの上のノートと日高の顔を交互に見つめている。日高が話し出すのを待っているふうである。日高がおもむろに口を開いた。

「蘇我氏の周辺にただよう大陸の臭いは、蘇我氏のルーツが間違いなく大陸であることを伝えている。では、そこに朝鮮半島の空気と中国大陸の空気の、両方の臭いがあるのはどういうことか。私は、次のように考えてみた。――蘇我一族のルーツは、朝鮮半島である。稲目か、その前の代のときに、日本に渡来してきた。当時の渡来人や帰化人は、日本在来の有力者に従うことで生活を立てるのが一般的だった。彼らは、いわばよそ者であり目立てば叩かれる立場にあったのだと思う。差別やからかいの対象にされたことだろう。そんな中で、蘇我氏の祖だけは、初めのうちこそ在来の有力氏族に従っていたが、やがて自分の一派を形成し、渡来人、帰化人を次々と受け入れ、彼らの高度な技術や文化、大陸との独自のルートなどを背景に、いつの間にか、在来のどの有力氏族をもしのぐ勢力を有するようになる。稲目の代において、すでに在来氏族と姻戚関係を結べるほど認知されていた。稲目は、さらに有力氏族たちの関心を得ようと、仏教美術品等の贈与や財の融通など、相当の努力をしたはずだ。しかし――」

西村は、じっと日高の話に聞き入っている。日高は、静かな口調で話を続ける。

「しかし、その努力にもかかわらず、ついに稲目を大王《おおきみ》に立てようと動く氏族は現れない。稲目は一人憤る。最大の勢力を有する者が大王として立つべきではないのか。なぜ、自分を大王としないのだ。自分がよそ者だからか。憤る稲目は、時の大王の物部氏に迫る。稲目の勢力に勝てないと見て、物部氏は、領地や領民の支配権の半分をあっさりと譲渡したのだ。蘇我氏と物部氏の二大勢力、二人の大王の時期だ。――馬子の代になる。馬子は、独自のルートから朝鮮半島における国家の興亡に関する情報を得ていた。それに触発され、馬子は、日本国家の統一を決意し、決行する。物部守屋との武力決戦に勝ち、中央集権統一国家の建国を成し遂げる。そして、統治者を天子としたことをはじめ、あらゆる面に中国様式を取り入れたわけだ。もちろん、中国様式が当時の最先端であり、最高水準であり、もっとも有効有益なものだと馬子が判断したからだろう。しかし、私は、中国様式にこだわった馬子の中に、複雑な心の働きを見てしまう」

「複雑な心の働き、ですか」

少し身を乗り出して、西村が問うた。日高がうなずき、話を続ける。

「統一国家の最高支配者となった馬子だったが、彼は、自分たち蘇我一族に反感を持つ連中が陰口を叩いているのに気づいていたのではないだろうか。馬子らのルーツが朝鮮半島であることを知っている嫉妬深い連中は、成り上がりの異人のくせに、などと、表現するのもためらわるような民族差別を陰で平然と口にしていたのだろう。しかし、氏族制度の色濃い時代のことだから、出自のことで表立って争うこともできない。そこで、先進文化を導入するという口実で中国様式を積極的に取り入れることによって、朝鮮半島の色を薄めようとしたのではないか。当時の中国の大国隋と積極的に親交を結ぼうとしたのも、実は、国内の反蘇我の口さがない連中への牽制だったのかも知れん。――結論としては、聖徳太子を含む蘇我氏一族のルーツは朝鮮半島であった。しかし、政《まつりごと》にも私生活にも中国様式を積極的に取り入れたため、蘇我氏には、朝鮮半島と中国大陸、両方の色合いが共に残ってしまった、ということだな。そして――」

そう言い、日高は、一つ咳払いをした。無言の西村。日高が続ける。

「そして、この視点に立つと、聖徳太子の周辺に中国と関連する事象の多いことが、何の不思議でもなくなってくるのだ。例えば、太子説話の一場面に、太子が自分の六代の前世を語るところがあるが、なぜか六代とも中国に生まれたことになっている。これも、蘇我氏の強い中国志向の表れとすると納得できるではないか。それに――」

日高の話の展開に理解が追いつかないのか、西村が怪訝《けげん》な表情を浮かべる。その表情に気づいたか、話題を変えるのを強調するかのように、日高が、明るい口調で言葉を続けた。

「それはさておいて、だ。以上のことから、聖徳太子が土着の日本人ではないことは納得してもらえたと思う。現代の言葉を使えば、在日コリアンだ。――聖徳太子は、実質的に我が国の初代天皇となっていたにもかかわらず、在日コリアンであったがために、その事実を歴史上から抹殺されてしまった。万世一系の皇統図の中に天皇としてその名を記すことも拒まれた。悲しいことだが、日本人が人の出自にこだわるのは、この古代からの悪癖のようだ。仮に蘇我氏が土着の氏族であったなら、全く同じ所行をしていたとしても、天皇即位の事実を抹殺されるまではなかった。――太子は、その血を嫌われたのだ。」

沈痛な面持ちで日高が言うと、西村がすばやく反応した。

「血を嫌われたとは、言い過ぎなのでは。」

「言い過ぎなものか。書紀の中の入鹿の暗殺場面で、入鹿暗殺の理由として中大兄皇子が叫んだ言葉がすべてを物語っている。即ち、天位の尊い血脈を入鹿に替えることができるものか、と。入鹿が血脈を理由に殺されねばならないなら、太子も血脈ゆえに抹殺されたのだろう。異民族の血を引くゆえに。――初代天皇となった馬子の第一子は何者かね。彼は、異民族の血を引く者、絶対に皇統に入れない者、そう、蝦夷です。こういう問答が書紀の執筆者の頭の中でなされたような可能性もあるのだ。前に、蘇我四代の名前の中で、蝦夷だけが抽象的で浮いて見えるという話をしたが、蝦夷と名付けた裏には今の問答のような発想があったのではないかとも思うのだ」

そう言って、日高は、コーヒーカップを手に取った。底に残っている分を一口で飲み干す。西村は、前かがみになっていた上半身を起こし、胸を張るようにして伸びをした。それから神妙な面持ちでぼそりとつぶやいた。

「聖徳太子は、初代天皇となっていたにもかかわらず、在日コリアンであったがために、即位の事実を抹殺されたんですね。気の毒というか、せつないというか――。太子が怨霊となっていたとすれば、このことの恨みも大きかったんでしょうね」

西村のつぶやきにうなずきながら、日高は、目を細めて悲しげな表情をして言った。

「うむ。加害者が被害者の崇りを恐怖する心が怨霊を生むのだとしたら、この天皇即位の抹殺という所行は、当の藤原氏をして太子の崇りを大いに恐れさせ、彼らは怨霊の出現におびえたことだろう。――また、天皇即位にまつわる怨霊として、藤原氏は、入鹿の崇りにもおびえたことだろう。蘇我天皇家の皇位継承の最有力候補であり即位を目前にしながら、鎌足一派の策謀に乗ってしまい、さんざん山中を追い回され嘲弄《ちょうろう》され惨殺された入鹿。さっきの、日本書紀に出てくる化け物、入鹿がその正体と思われる化け物が、入鹿殺害直後に即位した斉明天皇につきまとうように描かれているのも、加害者藤原氏が、入鹿は天皇即位に未練を残して死んだと受け止め、恐れていることの証《あかし》だろう。――藤原氏は、天皇即位に関しては、二つの怨霊を抱えこんだことになるのだよ」

日高の話にうなずいてから、西村は、少し首をかしげて問うた。

「最高の仏教指導者であり、即身仏となった太子を冒涜《ぼうとく》したことに対しての鎮魂が法隆寺の造営だとしますと、太子の天皇即位を抹殺したことに対しての鎮魂も何かあるのでしょうか」

「うむ。実は、昨夜の調べ物もそのことだったのだ。ある著書に、どこかの寺か神社で歴代の天皇が即位する毎《ごと》に、聖徳太子の木像に天皇の装束を着せ換える儀式を行うと書いてあったのだ。それがどの本に書かれていたのか、どういう内容だったかというのを確かめようとして、関連の本をずっとめくってみたのだが、ついに確認できなかったのだよ。確認できないで言うのも何だが、その儀式こそが、天皇即位を抹殺された太子への鎮魂なのではないかと思うのだ」

なるほど、というふうにうなずく西村。やや間をおいて、ふと何かを思い出したような顔をして問うた。

「同じく天皇即位に未練を残した入鹿の方の鎮魂は、何もなされなかったのでしょうか」

「いや、事件としての生々しさは入鹿殺害の方が強烈であっただろうから、入鹿殺害の直後においては、太子の鎮魂よりも入鹿の鎮魂が優先されたはずだ。また、入鹿が太子の実子だった可能性も大きく、それが真実だとすれば、父鎌足の入鹿殺害という事実は、信仰心のあった不比等にとって、仏の子殺しと言って過言ではなく、心底から不比等をおびえさせたであろう。この点からも入鹿の鎮魂は丁重になされたのかもしれないな。——梅原猛氏もその著書で取り上げているが、法隆寺で行われる聖霊会《しょうりょうえ》という儀式で、蘇莫者《そまくしゃ》という異様ないでたちの者が登場する。この蘇莫者の正体は、斉明天皇につきまとった化け物、即ち、入鹿の亡霊ではないかと思うのだ。蘇莫者の衣装は当時の天皇の衣服のデフォルメであろう。その蘇莫者に亡霊を乗り移らせ、天皇として気の済むまで振る舞ってもらうことが、天皇即位に未練を残す入鹿の鎮魂であったと思う」

　そう言って、日高は、ノートを指で示した。西村は、ノートに視線を落とした。日高が話を続ける。

「ここに、空中にして竜に乗れる者有り、とあるだろ。竜は、中国では天子に関する事物につける言葉としても使われる。その竜に乗っているとなれば、その人物は天子であろう。したがって、この化け物の正体は、天子か天子になる資格のあった者に違いない。やはり蘇我の嫡男、太子の実子たる入鹿なのだよ。そして――」

　そう言いながら、日高は、ノートの余白に何やら書き付けた。くるりと回して西村に示す。

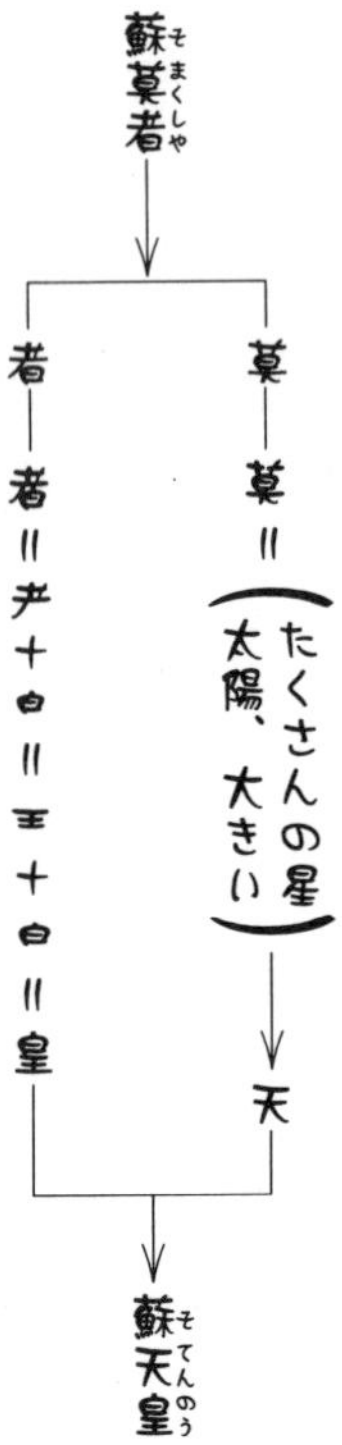

ノートに見入る西村。日高が話す。

「莫にはもともと、大きい、という意味があるが、その正字体を分解してみると、くさかんむりの正字体がたくさんの星を表し、あとは文字通りに日と大で、星があって太陽があって大きいとなれば、天以外にない。者の正字体を分解して同じ画数で組み直すと、皇ができる。つまり、蘇莫者という不思議な名前からは、蘇天皇というそれらしい名前が導き出されるのだ。蘇莫者は正《まさ》しく蘇我氏系の天皇の姿であり、法隆寺の聖霊会が蘇我系の天皇を鎮魂する儀式であることは間違いない」

驚きのあまり、言葉も出ない様子の西村である。日高が話を続ける。

「ついでに言うと、私は、もともと蘇我氏は蘇という一字姓の氏族だと考えている。蘇我氏派の人物である小野妹子が隋の帝から蘇因高という名前をもらったという日本書紀の記事は、一字姓の事実を暗示しているのではないか。もっと言えば、妹子のこのエピソードは、別の朝鮮系の姓を名乗っていた蘇我氏が隋の帝から朝貢に対するお返しとして蘇姓をプレゼントされたことを暗示しているのではないか。箔《はく》づけのために、旧姓を捨て、蘇氏を名乗ることにした。ところが、日本書紀の制作者は、日本国が異民族に征服されたことを恥辱とし、その事実を隠蔽《いんぺい》するために、二字姓として記録した上に、その出身地までも日本国内に設定した。と、まあ、こう考えているのだが――」

日高が口早に話を続けるうちに、理解が追いつかなくなったか西村の顔に困惑の表情が浮かんできた。それに気付いたらしく、日高は、口調を変えて言った。

「とにかく、天皇即位に未練を残していた入鹿は、蘇莫者として鎮魂されたわけだ。ところが、時代が下ってくると、日本書紀で悪役にされたために入鹿に対する人々の思い入れは薄れていき、聖霊会や蘇莫者の本来の意味も忘れ去られていく。それとは逆に、仏教指導者であり即身仏となっていた聖徳太子に対する鎮魂は、歳月の経過とともにますます大がかりになっていった。その過程において、入鹿ら蘇我一族に対しての鎮魂の諸儀式は、太子の鎮魂に吸収され、なかったも同然に見えなくなったのだ。同時に、それは、太子の実像を見えにくくすることでもあった」

日高の言葉に、西村は、少し首をかしげてから、おずおずと問うた。

「では、今、私たちに聖徳太子の実像が見えにくくなっているのは、そのような鎮魂の混同のせいなのでしょうか」

一瞬、間を置いてから、日高は、小さく首を横に振って静かに答える。

「いや、鎮魂の混同は、要因の一つでしかない。それも小さい方の。聖徳太子の実像を見えにくくしている最大の原因は、太子の実像が大がかりに隠蔽されている上に、太子自身が大がかりに鎮魂されてしまっていることだ。改めて言うまでもないがね。さらに事態を複雑にしているのは、真実を隠蔽しておきながら、隠蔽した行為の言い逃れができるような工作をもしていることだ」

「隠蔽の言い逃れ、ですか」

日高の言葉を復唱して、西村は、きょとんとした。日高が話を続ける。

「うむ。例えば、法隆寺の建立について言うと、初期法隆寺は馬子が太子絶対化の一事業として建立したものだったが、これは鎌足らによって入鹿襲撃がなされた際に焼き払われてしまう。そのため、後めたさを感じ、太子の仏罰を恐れた後代の藤原氏が太子の鎮魂のために現法隆寺を再建したと、私は考えている。鎮魂の事実を知られたくない藤原氏は、寺の資財帳などには自分らの名を出さず、いかにも太子自身が建立したかのように受け取れる記述をする。これが事実の隠蔽だ。そして、太子の亡霊が出現して藤原氏に、血まみれのその手が建てた寺を私の建立としたことは許し難い、と迫ってきた際の返答に、いや私どもは太子様の建立であるとは正史日本書紀には一言も書いてございません、と言えるように、法隆寺建立に関する一切は書紀に記さなかった。これが言い逃れ工作だ。——鎮魂のための行為、真実の隠蔽、隠蔽の言い逃れ工作。この三重の覆面が太子に被せられているのは間違いない。これが太子の実像を見えにくくしているのだ」

日高の言葉に小さくうなずきながらも、西村は、いぶかしげな表情をしている。

「納得できないようだね。では、もう一つ。——太子には、太子二歳像、七歳像、十六歳像など、幼年期の像が多く残されている。私は、これを太子が蘇我氏の嫡男であったこと即ち在日コリアンであった事実の隠蔽工作だと考える。つまり、太子様は書紀の記事のとおり万世一系の天皇家に生まれた方です、ほら、これが幼少時のお姿ですよ、天皇家ゆかりの寺社に納められているんですよ、こちら側の人間ですよ、と言いたいがためだ。造作された像は、折々の儀式の際に供養される。鎮魂だ。そして、太子の亡霊が出現して、私は蘇我の嫡男である、土着氏族の血統とされるのは不愉快極りない、と言われたときのために、幼子像の髪形を美豆良《みずら》という伝統な結い方にしておくのだ。いえ、この像はあなた様ではありません、幼少時のあなたは大陸風の髪形だったではありませんか、という言い逃れができるように」

西村のいぶかしげな表情は変わらない。日高は、ノートの余白に何やら殴り書きをして、さっと西村に示した。

法大王《のりのおおきみ》　聖徳法王《しょうとくほうおう》

その殴り書きを見て、すかさず西村が言う。

「太子におくられた名前ですね」

「うむ。隠蔽された太子の真実として最大のものは、太子が天皇に即位していた事実だ。――藤原氏は、仏教指導者としての面のみを書紀中に称賛する。これらの名前も仏教者としての称賛のためだ。この称賛はもちろん、太子の鎮魂だ。そして、仏教者としての絶大な称賛の喧伝とは裏腹に、天皇即位については一切触れない。これが隠蔽だ。では、太子の亡霊が出現して、私が天皇であった事実を隠蔽するとは許し難い、と迫ってきたときの言い逃れは何か。――太子様が天皇でなかったなどとは申しておりません、私どもの汚れた口にはもったいないので高僧慧慈《えじ》様のお口をお借りしまして太子様即位の事実はきちんと伝えております、と」

そう言うと、日高は、ノートを手に取ってパラパラめくった。そして、先ほどとは違うページを見開きにして西村に示した。

日本国《やまとのくに》に聖人《ひじり》有《ま》す。上宮豊聡耳皇子と曰《もう》す。固《まこと》に天《あめ》に縦《ゆる》されたり。玄なる聖の徳《いきおい》を以て、
日本の国に生《あ》れませり。……

西村は、じっとノートに見入りつつ、言葉を発した。

「これがその高僧の言葉なのですか」

「うむ。一見するとやはり仏教者としての太子を称賛するようだが、実はそうとは限らない。――固《まこと》に天《あめ》に縦《ゆる》されたり。この一行は、まさしく太子が生まれながらの統治者即ち天子、天皇であったことを示唆するもの。さりげなく挿入されているこの一行は、太子の亡霊への言い逃れに用意されたものなのだよ。さらに言うと、この文にも、聖人《ひじり》、聖の徳《いきおい》などの言葉が使われているが、聖徳太子の聖の字、この字は正に――」

日高の口調に熱が入ってくる。西村が身を乗り出す。

「この字は正に、天子そのものを意味するのだよ。さっきの聖徳法王という名前は、一見すると太子を仏教指導者として称賛しているようだが、実は、天子、天皇であることも意味しているのだ。当然、聖徳太子という呼称も、単に皇子であったことを示していたのではなく、太子が天子であったことを表しているのだよ。――藤原氏が、太子の亡霊の詰問に備えた言い逃れは、聖の字を用いた称号に集約されるだろう。私どもは世間の人々に確かにあなた様を天子天皇と呼ばせておりますよ、と」

西村の顔からいぶかしげな表情は消えていた。前かがみになっていた上体を起こすと、ほう、と一つ、

ため息をついた。それから、西村は、つぶやくように口を開いた。

「私たちがそうとも知らずに、太子を聖徳太子と呼んでいることが、太子に対しての最高の鎮魂となっていたんですね。――仏教者としての面のみを強調して天皇即位から目をそらせ、その事実を隠蔽する聖徳、実は藤原氏の隠蔽の言い逃れに用意された天子の意味を持つ聖徳、それとも知らずにその名前を我々が呼ぶことが太子への鎮魂となる聖徳。見事ですね。不比等が考えついたんでしょうかね。――でも、強引なこじつけであったとしても、こういう解釈を展開するなんて、さすがは僕の師匠です。思わず尊敬してしまいましたよ、先生」

　西村の言葉に日高が苦笑する。穏やかな口調で言った。

「強引なこじつけは余計だろうが。それに、思わず尊敬ではなくて、改めて尊敬だろう。――まあ、いいや。さて、西村君。今日まで聖徳太子について考えてきたが、太子にまつわる謎は、鎮魂行為、真実隠蔽、隠蔽の言い逃れ工作という三重の覆《おお》いを被せられていることから生じている、というのが私の結論だ。この覆いを丁寧に剥《は》いでいくことで、真実が開示されていくと思うのだ。特に、隠蔽の言い逃れ工作という視点は重要だろう。この視点で日本書紀を読み直すことにより、少なくとも飛鳥朝前後の記事は、従来の指摘どおりに藤原氏政権と藤原氏政権下天皇家の正当化であると同時に、聖徳太子を強く意識した鎮魂と弁明の書であることが明らかになるだろう。そして、ここから先は、私のような素人の手に負えるものではない。私は、ひとまずここで、聖徳太子に関する考察に区切りをつけることにするよ。おっと、これは、私の言い逃れかな」

日高の言葉に、やや寂しげな表情で西村がうなずく。ふう、とため息をもらしてから、おもむろに口を開いた。

「先生、この前見せていただいた太子の一万円札、もう一度見せてもらえませんか」

「ああ、いいよ」

日高は、ソファーから立ち上がり、仕事机の方へ行くと、デスクマットの下から紙幣を取り出した。西村も机のそばに来ている。西村に紙幣を渡すと、日高は、そのままイスに腰を下ろした。西村は、まじまじと聖徳太子の肖像を見つめている。

「先生。この人物は、聖徳太子ですよね」

「そうだと、私は思っている。その原画である唐本御影に中国様式の色合いが強ければ強いほど、その肖像が太子その人である可能性は高くなるのだからね」

再び、紙幣に見入る西村。しばらくして、ぼそりと言った。

「先生。太子が紙幣の肖像から外《はず》されたのは、彼が在日コリアンであったことに、すでに政府関係者が気づいてしまっていたからではないでしょうか」

「そういう事実があったとしたら悲しむべきことだな。しかし、その可能性を全く否定できないのも悲しいね」

日高の言葉に、西村もうなずいた。なおも紙幣を見つめる西村。ふと顔を上げると、思い出したように問いを発した。

「もう一つ聞きたいのですが、藤原氏は、なぜ、自ら天皇家になろうとはしなかったのでしょうか」

　日高は、顎《あご》を引いて姿勢を正すようにしてから静かに話を始めた。

「大王《おおきみ》の子孫たち、皇位継承の資格にある者たちへの敬意もいくらかはあっただろうが、それよりも、天皇という神輿《みこし》となるよりもその担《かつ》ぎ手《て》であった方が権力を永く維持できると考えたためだろう。自分たちが蘇我天皇家を攻めたように、天皇となってしまっては常に攻撃の的にされてしまう。それよりは、担ぎ手となり、いざとなったら次から次へと神輿を担ぎかえていく方が権力維持に有利と判断したのだ。

——藤原氏の天皇家に対するこのスタンスが後代の権力者たちに引き継がれることで、天皇家は、世界にも類を見ない万世一系の皇室となり得たのではないだろうか。逆を言えば、絶対権力に執着し、天皇を利用したつもりでいた各時代の支配者一族は、見事なまでに消え去っている。千年単位で見ると、神輿ではなく担ぎ手の方が入れ替わっていたわけだ。歴史は、皮肉なものだね」

　そう言って、日高は、寂しげに笑った。西村が小さくうなずく。太子の一万円札を日高に返した。

「ありがとうございました」

　受け取ると、日高は、太子の顔をちらっと見て、デスクマットの下にしまった。西村は気の抜けたような顔をしている。日高がふと思いついたように、机上のメモ用紙に文字を書き付けて西村に示した。

犬子→天子→太子

「あっ、名前について考えたときに見たやつですね」

「うむ。馬子だ犬子だ鹿子だと、侮辱された蘇我一族。その中から、我が国初の天子が出た。しかし、次代政権は、その天子の存在を抹殺し、太子として存在させた」

そう言って、日高は、書き付けた文字の一部を消しゴムでこすった。西村に示す。

大子

↓

大子

↓

大子

首をかしげる西村。日高は、ノートを西村に向けたまま、消した点画を再び書き入れる。

犬子

↓

天子

↓

太子

「どう、わかったかい」

日高の問いかけに、きょとんとする西村。日高がにっこりと笑って言った。

「蘇我氏から藤原氏への政権の移行の間に、大の字が変化していくんだぞ。大が化けていくのだ」

「ああっ、大化——大化の改新ですね」

西村が叫んだ。驚きの表情のまま、日高の顔を見つめる。その様子を見て日高が愉快そうに笑いながら言った。

「西村君、そんなに驚くことはない。これは、ただの文字遊びなのだ。ここまで考えて大化と称したわけではあるまい。大化という言葉に意味を求めるとしたら、大なる変化、ということだ。大化の改新という呼称には、大改革とか大革命といった意味が込められているのだ。ただし――」

そう言うと、日高の顔から笑いが消えた。神妙な表情で話を続ける。

「ただし、実際に大改革や大革命がなされたからそう称されたのではなく、蘇我天皇家政権が完成してあった国家機構を、藤原氏新政権がそっくりそのまま乗っ取ったことをカムフラージュするために、大化の改新などという仰々しい名称が使われたんだな。――藤原氏唯一の功績は、平成の現在までも連綿と継体存続している万世一系の天皇家を起原させたことに尽きる。不敬を承知の上で言うが、現天皇家は藤原氏のおかげでタナボタ式にその地位を得たに過ぎない。その意味において、先代天皇家蘇我氏の象徴たる聖徳太子の鎮魂は、現天皇家および現天皇家を認承尊崇する政府や国民の必然的義務なのだ。――先の大戦の敗戦後、日本側がGHQに対して紙幣の肖像画に聖徳太子像の使用を主張して譲らなかったのは、日本再興を期しての国祖聖徳太子の鎮魂のためだったのかも知れない。太子よ、あなたを全国民に崇拝させせますので、国家の復興にそのお力をお貸しください、とね」

そう言って、日高は、いたずらっぽくほほ笑んだ。立ったまま、西村は、日高の話に聞き入っていた。

その西村に日高が問う。

「ところで、西村君。今日は、バイトは休みなのかい」

西村は、壁の時計を振り返る。いつもの時刻をはるかに過ぎていた。しかし、今日に限って西村はあわてふためく様子もなく、日高の方へ向き直った。日高が不思議そうな顔をして言った。

「どうしたの。バイトに行く時刻はとっくに過ぎているのに、全然あわててないじゃないか」

照れ臭そうに笑って、西村が答える。

「はい。――実は、今日は、バイト仲間に替わってもらったんです。先生が深夜遅くまで調べ物をしていたとおっしゃってましたので、そろそろ結論が出るころだと思いまして。今日と明日は、前の時間帯の人に一時間ずつの延長を頼んであるのです」

「あっ、そうだったの。――今日は、どんなあわてぶりが見られるのかと思っていたのに」

日高がわざとらしく残念そうな表情をつくって言った。西村が得意げな笑みを返した。

日高がそう言うと、西村は、大きくうなずいた。応接セットのテーブルの上のカップを持って流しの方に行く。

「まだ少し時間があるかな。もう一杯、コーヒーをどうかね」

日高が机の上に視線を落とすと、デスクマットの下に納められた旧一万円札があった。太子の肖像は、もちろん何を語るでもなかった。

机上探偵　日高圭介の論　論ノ一　聖徳太子は三度《みたび》死す

2000年12月1日　　初版第1刷発行

著　者　中山《なかやま》　建記《たつき》
発行者　瓜谷　綱延
発行所　株式会社　文芸社
〒112-0004　東京都文京区後楽2-23-12
電話　03-3814-1177（代表）
03-3814-2455（営業）
振替　00190-8-728265
印刷所　株式会社平河工業社

ISBN 4-8355-0811-4 C0093